无论早晚，没有对错，

无论是内心默契地互相抵达，

还是我一个人的兵荒马乱，

这都是我一生中最美的光阴。

世上的一切美好，唯你而已

宁待 著

化学工业出版社
·北京·

谨以此书献给所有对爱一往情深的人

初恋 初恋这东西很好也很坏。好的是，我永远记得那个人是谁；坏的是，我往往失去了他。

暗恋 暗恋啊，就是闷热的夏日里躺在床上看着天花板，突然想到了你，心里就像开了无数个粉色的小风扇一样，呼啦啦地吹起来一阵风。

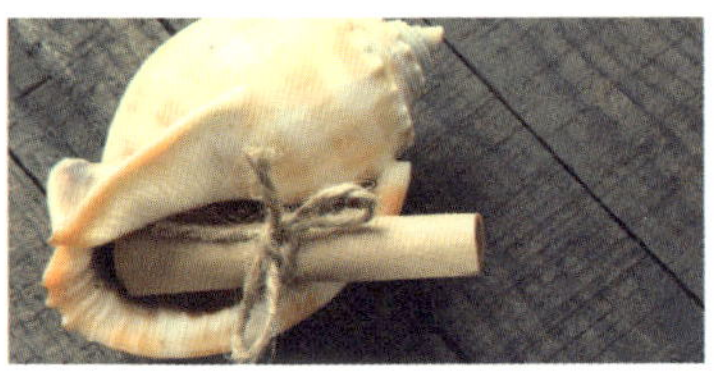

表白 就是冒着以后连朋友都不能做的危险，去赌以后能正大光明牵你手、拥抱你、爱着你的机会。表白或者被表白都不可怕，可怕的是，结局不是谈一次恋爱，而是少一个朋友。

约会 等待、沉默、浪漫、闲谈……这些都是约会的一部分。为何还没有初吻，便要怕失恋？约会未完，便开始挂念？

失恋 我恨你这个不入戏的对手，明明我们能演一出好戏，有一个美好的结局，但你却偏偏要逼我精神分裂、满怀阴暗，人物性格复杂到值得捧回一尊奥斯卡奖杯。

热恋 可以什么都介意。只要是脱离了视线、手机，就会挂念。也可以什么都不在乎。只要你要，只要我有。因为我爱你，所以我愿意。

思念 你成了我最不想见的人，却成了我天天想念的人。而思念一个人的滋味，就像喝了一杯冰冷的水，然后用很长很长的时间，变成了一颗一颗热泪。

祝福 我比这世上任何一个人都更加热切地盼望你能幸福，但是，想起你的幸福与我无关，还是会非常难过。

关于这本书

● 这是一本满足读者互动需求的实验性图书。我们想以此传达一种特别的理念：阅读的乐趣不是被动接受，而是主动参与。

● 你可以记录下某一时刻的想念或者小情绪，你可以划线、标记、折角……让在这里珍藏的每一个瞬间，都有你的倾情出演。

● 留下自己痕迹的书，读起来会格外亲切。当你翻阅从前的笔迹，你会发现，你的每一段经历，都是一个温暖又犀利的道理。

● 这本书精选了那些路过心头、留在心上的文字。

● 你可以每日分享，可以时时记录；可以誊写、转发、作为情书、当作情话，也可以把它变成你的私人阅读笔记，还可以作为礼物赠送。

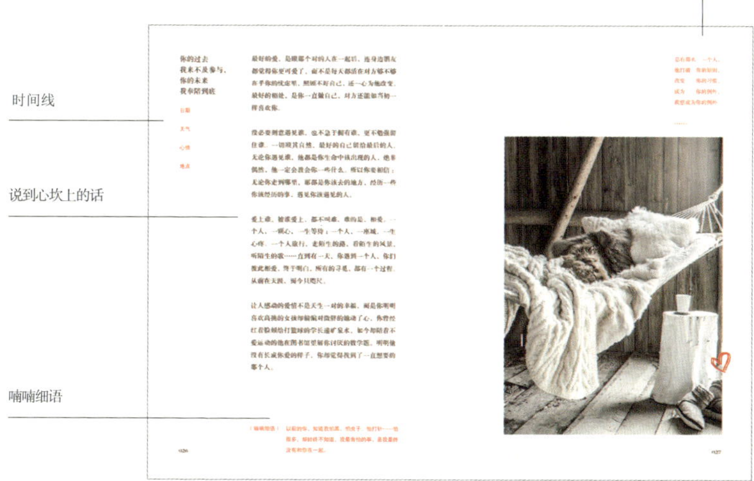

- 在这本书里，你可以从任何一页开始阅读。

- 你可以把它当作书籍来阅读，也可以把它当作一本特殊的“记忆笔记本”来收藏。有些话与其埋在心里，不如誊写在这里，换个舒坦。

- 哪怕是一句话、一个词、一个符号、一条横线，都无妨，只要它们有让你如释重负和恍然大悟的作用就够了。

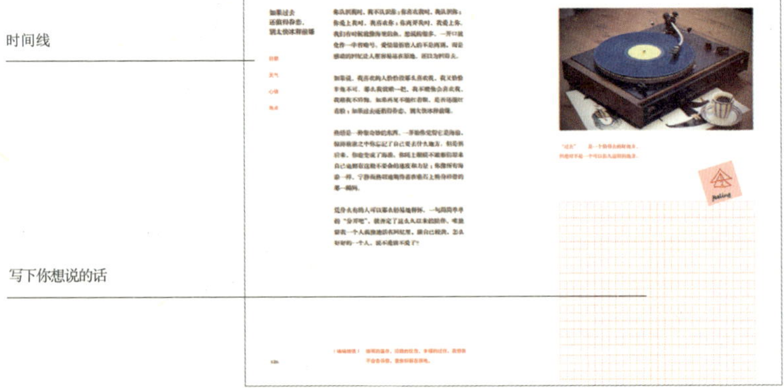

前　言

你知道什么叫意外吗？就是我从没想过会遇见你，但我遇见了，我从没想过会爱你，但我爱了。我记得我跟别人聊天时，开口闭口全是你。我知道你的温度不过 37℃，却足够让我沸腾。

你问我到底有多喜欢你，我说不出来，但我心里明白，我宁愿和你吵架，也不愿意去爱别人。你看你多幸运，你可以选择爱我，或不爱我，但我只能选择爱你，或更爱你。

就算你是一个仙人掌，我也愿意忍受所有的疼痛来拥抱你。即使在千万人中行走，我也能一眼认出是你。因为别人都是踩着地走路，而你是踩着我的心在走。

我是个不善表达的人，太多的幸福与美好潜藏在心里，安静地自我满足。想要告诉你那些有关于我的小幸福，想要告诉你那些有你之后的心满意足，想要告诉你有你在便一片天蓝的安心踏实。可是，所有的这些，我都不知如何开口说给你听，但愿我不说的，你都懂。

无论早晚，没有对错，无论是内心默契地互相抵达，还是我一个人的兵荒马乱，这都是我一生中最美的光阴。时间，在让某些事情变得面目全非的同时，也会让另一些事情在生命里纹丝不动。比如我对你的想念，还有无法休止的爱。

目　录

Part One　喜你为疾，药石无医

Part Two　眼睛为你下着雨，心却为你打着伞

Part Three 你是漫天繁星，我是逐光之萤

Part Four 唯愿你好，即使后来的你与我全然无关

Part Five　你还在故事发生的那天，不肯走

Part Six　后来，我喜欢的每个人都像你

愿有人待你如初，疼你入骨，
从此深情不被辜负。

Part
One

喜你为疾，药石无医

一个宇宙，数百亿星系，

一个地球，七个大洲，两百多个国家，五万多个岛屿，

而我竟如此幸运，可以遇到你。

说不清你哪里好，可就是谁都替代不了

日期

天气

心情

地点

喜欢上你，并不是你长得好不好看的原因，而是你在特殊的时间里，给了我别人给不了的感觉。喜欢你的感觉怎么说呢？就是想把西瓜最甜的部分给你，奶油蛋糕上的小樱桃也给你，最大的鸡腿给你，美好的东西都应该是合衬你的。

如果你问我有多喜欢你，我就会说：“就像喜欢看毛茸茸的小熊在洒满阳光的雪地里肆意打着滚那么喜欢！”如果你问喜欢到底是什么感觉，我就会告诉你：“是相遇时的刻意躲闪，是交流时的风度翩翩，是离开时习惯性的再看你一眼，是期待能快点再见……”

最好的感觉是当我朝你看过去时，你已经在凝视着我。我不知道为什么喜欢白色，就像我不知道为什么喜欢你一样。喜欢一个人根本是藏不住的，就像日出日落、海涨潮退，是那么自然的事情，哪怕我极力想要掩藏，可我温柔的眼神早已昭告天下：我，喜欢你。

也许很多人都知道我喜欢你。可是我想，就连几乎无所不知的你，大概也不知道，我喜欢你喜欢到了什么程度。我喜欢你的任性，喜欢你的倔强，喜欢你的坏脾气，我喜欢你所有好与不好的样子，包括喜欢犹豫不决的你，果敢坚决的你，一整天不说话的你，哭得一塌糊涂的你，笑颜如花的你，轻微强迫症的你，偶尔臭美的你……

| 喃喃细语 | 我永远记得，那种喜欢到不行了的感觉。

你的一举一动都是承诺，
被另一个人　看在眼里，
记　在　心　上。

我想告诉你，只要我们在一起一天，我就会把我能给的、最好的，全部给你。因为，你在我的心里无可替代。没办法，我就是喜欢你，不管世俗的人怎么看，我还是想跟你在一起。不管别人说了什么，怎么评价你。你就是你，我唯一、独特的你，无可替代。谢谢你，敢和我相爱。

我昨天很爱你，今天不想爱了，但我知道明天醒过来，最爱的人还是你。因为你，我愿意成为一个更好的人，不想成为你的包袱。因此奋发努力，只是为了想要证明我足以与你相配。我在乎你，因为我爱你，但我不会挑剔你、伤害你，我能理解你。你的每一句话，每个动作我都很在意，可我不会发火，因为我的某些方面也有不足。

说不出来为什么爱你，但我知道，你就是我不爱别人的理由。我一直想要和你一起，走上那条美丽的小路。有柔风，有白云，有你在我身旁，倾听我快乐和感激的心。

“对一个人动了真情是什么感觉？”

“两个人都那么丑，还觉得别人会抢走对方。”

……

……

……

……

……

你是一只蜻蜓，点过我的湖心

日期

天气

心情

地点

某年某月某日，我看了你一眼，并不深刻。某年某月某日，意外和你相识，无关心动。怎知日子一久，你就三三两两懒懒幽幽，停在我心上。爱我的人很少，可当你说你爱我的时候，突然觉得整个宇宙都对我充满了爱意。

真爱的第一个征兆，在男孩身上是胆怯，在女孩身上是大胆。所以说，我们都还是在乎的吧，不然，你怎么会主动和我打招呼，而我又怎么因为这个，而在心里小小地雀跃。看到你开心，就感觉这个世界都在发光；看到你失落，又感觉整个世界都在下雨。

我们总在等待一个人的出现，中间会有那个擦肩而过无缘的人，也会有那个让你心动的人。爱是一念之差，而最幸福的，不过是你曾温柔呼唤，而我恰好有过应答。你是我的最初，也是我的最后，你是我的从头到尾，一切一切。

很多人把心动、迷恋或倾慕误认为爱情，但心动和真正的爱情根本无法相比。心动的光芒最多只相当于一颗钻石的光芒，让你惊叹它的华丽，恨不得立刻拥有；但真爱的光芒就像阳光，久了也许会让人觉得稀松平常，但这种光芒能温暖你，照耀你，一旦失去，你的整个世界都黑暗了。

| 喃喃细语 | 我好想成为那个，让你想起来就觉得珍贵的人。

不论是我的世界　车水马龙、繁华盛世，

还是它们都瞬间消失化为须臾，

我都会坚定地走向你，　不慌张，不犹豫。

遇见你之后，我的世界变得简单无比：人分两类，是你和不是你；时间分两类，你在的时候和你不在的时候。遇见你之后我不想要什么礼物，只是想，当我需要你时，你能在身边，当我说话时，你能用心听，当我难过时，你能给我一个拥抱。

你是一只蜻蜓，点过我的湖心。然后，我的记忆便以涟漪做裙，连寂寞都细绣缀锦。至此，我的青春绮丽。就算有一天，我把话说得再绝，明天醒来，我还是会喜欢你，我多没出息，这你知道。

所谓爱情，就是有那么一个人，可以轻易控制你的情绪，前一刻让你哭，下一刻又让你笑。真正的爱情，就是当我们都老了，我还是会记得你当初让我心动的样子。有的人，一旦遇见，便一眼万年；有些心动，一旦开始，便覆水难收。无论我本人多么平庸，我总觉得对你的爱，很美。

喜欢你，
是因为你点亮了一盏灯，
我靠近一看，
那里确实是我想去的地方。

……

……

这世上的一切美好，唯你而已

日期

天气

心情

地点

我要去有你的未来，不管要面对多少困难。如果那儿没有你，我的未来毫无意义。不知道是对是错，不管它是对是错，我只想和你在一起，一起等太阳出来。没有水，你是我的水，没有粮食，我是你的粮食，我们自始至终相信同一个神，热爱同一个命运。有你的陪伴，我根本不需要天堂。

你知道，喜欢一个人的好处在哪儿吗？就是他对你做的一切都像是礼物。连聊天的时候看到“正在输入中”都觉得是暗藏的惊喜。不喜欢的人，再怎么喜欢你，哪怕聊了一万遍，你也不会快乐；喜欢的人再怎么不喜欢你，只要聊一句话，你都乐得不行。

第一眼心动的人真的会心动很久。感情常常就是这样，哪怕只是刹那的相遇相知，瞬间的心暖心动，也值得用一生去回忆和追逐，用一世去保护和守候。有的人浅薄，有的人金玉其表败絮其中。有一天 你会遇到一个彩虹般绚烂的人，当你遇到这个人后，会觉得其他人都只是浮云而已。

想你有两种方式：眼内，心底；见你有两种方式：看你，抱你。一下大雨这城市就陌生了，一见到你我就又是全新的了。我把下雨和见你叫作洗礼，世界上美好的东西不太多，立秋的傍晚和对岸吹来的风，以及笑起来要人命的你。爱真是一种奇妙的际遇，曾经的陌生人，因为一场相遇而相爱。

| 喃喃细语 | 如果你问我，我想了你多少次，我会说一次，因为你从来没有真正离开过我的脑海。

你给了我难以想象的幸福。只要你愿意，我将用我的一生让你感受到同样的幸福。我憧憬一段任性的旅行，最好在青春飞扬的时节，最好有个遥远美丽的目的地，最好能伴阳光前行，最好，有你。

我是个不善表达的孩子，太多的幸福与美好潜藏在心里，安静地自我满足。想要告诉你那些有关于我的小幸福，想要告诉你那些有你之后的心满意足，想要告诉你有你在的安心踏实。可是，所有的这些，我却不知道如何开口说给你听，但愿我不说的，你都懂。

做什么，在哪里，其实都不重要，重要的是和谁一起。和一个人在一起，如果他给你的能量是让你每天都能高兴地起床，每夜都能安心地入睡，做每一件事都充满了动力，对未来满怀期待，那你就没有爱错人。最合适的感情，永远都不是以爱的名义互相折磨，而是彼此陪伴，成为对方的阳光。

恋爱　　　像是地震，
不可预测，有点吓人，
可一旦他们安全度过，
又会觉得　自己竟是
那么地　　　　幸运。

……

……

……

……

你不需要有多好，我喜欢就够了

日期

天气

心情

地点

莫名其妙地笑，是因为心中有你。你在我身边也好，在天边也罢，一想到有你在，就觉得整个世界都温柔安定。我要你知道，无论是在什么时候，无论你在什么地方，我愿意一直等下去，只是为你的一个回头。

生活中总有那么一个人，是你的想念，是你的温暖。深埋于心底，只要想到，就觉得温暖踏实。找不到理由忘记，因为情不自禁；找不到借口放弃，因为刻骨铭心。慢慢你会发现，能爱的没有别人，只有他。你喜欢他笑的样子，你想偷走他所有的痛苦，你想让他一直开心下去，因为他很好，对你很重要。

世界真的很小，好像一转身，就不知道会遇见谁。世界真的很大，好像一转身，就不知道谁会消失。爱情有时是一种习惯，你习惯生活中有他，他习惯生活中有你。一旦失去了，就仿佛失去了所有。不管他去哪里，你只想和他在一起。

世上最牢固的感情不是“我爱你”，而是“我习惯了有你”。所以，不要害怕时间，如果爱得足够深，时间便会让它变得更深。时光一晃多年，而我依然爱你，于是就明白：彼此依赖，才是最深相爱……

| 喃喃细语 |　我能想到最美好的事，莫过于我喜欢你的时候，你也恰好喜欢我。

如果活着，　　　　是上帝赋予我最大的使命，

那么活着有你，将会是上帝赋予我使命的恩赐。

人，永远不会珍惜三种人：一是轻易得到的；二是永远不会离开的；三是那个一直对你很好的。但是，往往这三种人一旦离开就永远不会再回来。

那么多曾让人羡慕的光鲜爱情，最后都无疾而终，而那些没人在意的爱情，却可以开花结果。原来，只要有一只愿意握紧你的手，一颗把你放进生命里的心，这便够了。

听到一些事，明明不相干的，也会在心中拐好几个弯想到他。或许世界上有那么一个人，当你遇到他的时候，你的心就会变得炙热无比，你就会觉得为了他，你可以放弃很多很多曾经的坚持，不顾一切。

当我列出你的缺点，

却发现自己，

已成为一座想念博物馆。

……

……

……

……

我为你翻山越岭，却无心看风景

日期

天气

心情

地点

世界很粗糙，岁月也不温柔，我们曾是两个被雨淋透了的人，都没有伞，慌慌张张地躲进了同一个屋檐。碰巧发现彼此有同样的目的地，于是鼓起勇气并肩一起，散步淋雨。那一路多开心，因为舍不得再见，所以宁愿风雨别停，天别晴。

我不能说我一辈子只能爱一个人，可是一定会有一个人，他能让我笑得最灿烂，哭得最透彻，记得最深刻。有时候，喜欢一个人，真会把自己活得很委屈。哪怕只是想一下，这十一月的风也并不觉得冷。

那天早上空气很好，风也很柔和，我突然想穿过几个城市去看你。见不到你的时候，总会想，要在见到你的时候把在那些日子里想对你说的话都告诉你。可是见到你后我却只想告诉你，我好想你。

你说要向前走，要发亮，让喜欢的人看到，于是你一路往前走，等到能并肩，才发现你再怎么发亮，你喜欢的人也看不到你。索性洒脱，假装擦肩而过，虽然他不知道这擦肩而过是你一路飞奔的结果。

爱，是心灵与心灵的相知，它可以不要太多的语言来粉饰。真正相爱的人，会毫不计较地为情感付出，唯一的期盼只是对方的疼惜；真正相爱的人，会处处时时牵挂着对方，给他以关怀体贴；真正相爱的人，一个动作，一个眼神，都能心领神会，那份相知的默契胜却一切物质带来的欢悦。

| 喃喃细语 | 不是除了你，我就没人要了。只是除了你，我谁都不想要。

我想作诗，
写　　雨，
写夜的相思，
写　　你，
却写不出。

……

……

相爱的人，任何的吵闹、嫉妒、猜忌、孩子气等行为，都是合理正常的。再完美的人，一旦爱了，也一样像个孩子，偶尔自私，偶尔奢望……换个角度想想，你是幸福的。如果，有个人这样深爱着你，千万别不懂珍惜。

有些傻话，不但要背着别人说，还得背着自己。让自己听见了也怪难为情的。譬如说，我爱你，我一辈子都爱你。思念熬不到天明，所以我选择睡去，在梦中再一次见到你；渴望藏不住眼光，于是我躲开，不要你看见我心慌；真的啊，它只属于我的心，只要你能幸福；我的悲伤，你不需要管。

如果你觉得我啰里吧嗦，
原因只有两个：
一是事很重要，二是你很重要。

因为爱你，所以看谁都像情敌

日期

天气

心情

地点

爱一个人有很多不同的方法：有的是用嘴巴说出来，一次次地重复说我爱你；有的是用态度来爱，撒娇、发脾气折腾；还有一种是怎么都不愿说我爱你，但就是关心你、照顾你、保护你。相爱的方法有千万种，但最好的方法只有一种，那就是对你好，并且只对你好。

两人相爱，不可能不改变对方，也不可能自己不改变。两个人一起跟自己一个人有很大不同，因为你要在意对方的情感和情绪，你要适应对方的生活习惯，你要懂得有时要放下自己去关照对方。所以在爱情中，没有人全身而退，对方都会给你留下各种烙印。只想别人迁就自己，那不是爱，那是自恋。

任性，是依赖的表现。因为潜意识中认为，那人一定会原谅你。连你都不喜欢的自己，却被那个人喜欢着，这就叫爱情。愿你一生都有人宠，那些撒娇又撒野的小脾气，永远能换来一句“乖，别闹”。一个月时激情上脑什么都肯为你做，三个月时情话绵绵想你到失眠，半年时争执不断好想分手，八个月时渐渐懂得包容，一年时习惯有你成了亲人，一年半热情渐退感情却更深，我能失去激情却不能失去你。

| 喃喃细语 | 很多时候，我对你的喜欢就像是兜里揣着一块糖，想跟别人显摆，又不想给别人吃。

对你的心意，就像在薄薄的被子里玩手机，

总有　　　　星星点点的光　　漏出来。

……

……

……

你不是我，你不会知道我有多在乎你． 更不懂我有多害怕有一天我会失去你。我害怕你这一秒对我的好，下一秒会转移到另一个人的身上。我并不需要什么轰轰烈烈的爱情。我只要你能牵着我的手，从年少到年老，从心动到古稀。

越是在乎一个人，可能就越不敢靠近他，因为害怕被拒绝，担心被对方的态度伤害。而越无所谓一个人，就越能够挥洒自如地去追求，花招百出而毫无顾虑。因为不在乎，就不会被伤害，更不怕伤害别人。所以，有人怕你，是因为喜欢你。而豁得出去不要脸的，往往喜欢得不够。因爱而多心，因不爱而寡情。

太爱一个人，你会太在乎他跟谁在一起，心里是否有你；太爱一个人，你会刚说再见却又心生思念；太爱一个人，你会因为他的温柔而满怀甜蜜，更会因为他的冷漠而郁郁寡欢；太爱一个人，会无原则地忍受他，慢慢地，他习惯了这种纵容，无视你为他的付出，甚至会觉得你很烦。

相爱的两个人吵架，往往不是没感情，而是用情太深。爱深时，一点矛盾都会让人受伤很重。由于太重视对方，所以放不下。真正的爱，不是永远不吵架不生气不耍脾气不胡闹，而是吵过闹过哭过骂过，最心疼彼此的还是对方。相爱，就是要感恩对方的优点，容忍对方的缺点，因为爱就是要坚持在一起。

我不知道

有些人是如何假装爱着一个人的，

我甚至连

对不喜欢的人打招呼这件事

也做不来。

……

feeling

你的过去
我来不及参与，
你的未来
我奉陪到底

日期

天气

心情

地点

最好的爱，是跟那个对的人在一起后，连身边朋友都觉得你更可爱了，而不是每天都活在对方够不够在乎你的忧虑里，照顾不好自己，还一心为他改变。最好的相处，是你一直做自己，对方还能如当初一样喜欢你。

没必要刻意遇见谁，也不急于拥有谁，更不勉强留住谁。一切顺其自然，最好的自己留给最后的人。无论你遇见谁，他都是你生命中该出现的人，绝非偶然，他一定会教会你一些什么。所以你要相信：无论你走到哪里，那都是你该去的地方，经历一些你该经历的事，遇见你该遇见的人。

爱上谁，被谁爱上，都不叫难，难的是，相爱。一个人，一颗心，一生等待；一个人，一座城，一生心疼。一个人旅行，走陌生的路，看陌生的风景，听陌生的歌……直到有一天，你遇到一个人，你们彼此相爱，终于明白，所有的寻觅，都有一个过程。从前在天涯，而今只咫尺。

让人感动的爱情不是天生一对的幸福，而是你明明喜欢高挑的女孩却偏偏对微胖的她动了心，你曾经红着脸颊给打篮球的学长递矿泉水，如今却陪着不爱运动的他在图书馆里解你讨厌的数学题。明明他没有长成你爱的样子，你却觉得找到了一直想要的那个人。

| 喃喃细语 | 以前的你，知道我怕黑、怕虫子、怕打针……怕很多，却始终不知道，我最害怕的事，是我最终没有和你在一起。

总有那么　一个人，
他打破　你的原则，
改变　　你的习惯，
成为　　你的例外，
我想成为你的例外。

……

真希望遇见一个合适的人，什么都刚好，脾气刚好互补，身高比例刚好，会吵架会斗嘴却明白谁也不会走，把彼此放在心里。你为未来相遇的那个人设下了许多标准，但最后与你牵手的往往是标准之外的那个。遇见他时，那些长相、体重、有没有身骑白马、是不是才高八斗都不重要了。因为，他不是你喜欢的那种人，却是你喜欢的那个人。

好脾气都是磨出来的，坏毛病都是惯出来的，爱挑事都是闲出来的。真心相爱的两个人，不会输给外貌和距离，不会输给身高和年龄，不会输给别人的流言蜚语，不会输给父母的反对，只会输给不珍惜、不努力、不信任。

常常洗澡洗头不一定就是因为爱干净，或许只是觉得刚吹了的头发很好看，洗澡很舒服，沐浴露味道很好闻。就像喜欢的人不一定很优秀，只是在他身边的时候，你就会笑得很甜。愿我们都能在对的时间遇见对的人，从此不离不弃。

我要的不多，　　一杯清水，　　一片面包，　　一句我爱你；
如果奢侈一点，我希望：
水是你亲手倒的，面包是你亲手切的，我爱你是你亲口对我说的。

……

……

……

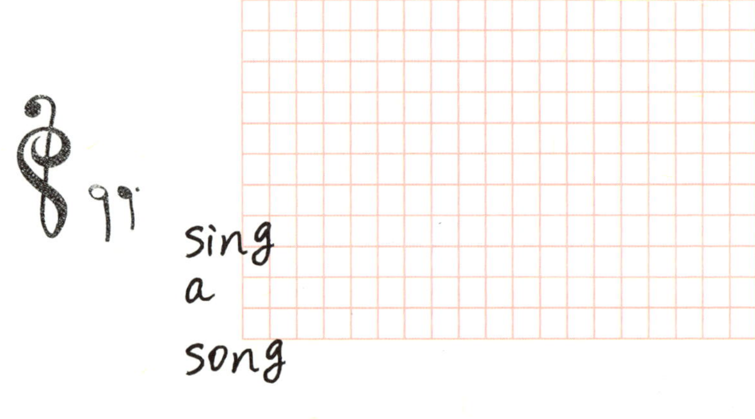

很爱很爱你　所以愿意不牵绊你

往更多幸福的地方飞去

很爱很爱你　只有让你拥有爱情

我才安心

……

Part Two

眼睛为你下着雨，心却为你打着伞

喜欢一个人 怎么会是这样?

前一秒， 你恨不得撕碎了他，下一秒，你却蹲在地上，

边哭边捡， 不知道该怎么拼起来。

我以为我的温柔，能给你整个宇宙

日期

天气

心情

地点

你住的城市下雨了，很想问你有没有带伞。可是我忍住了，因为我怕你说没带，而我又无能为力，就像是我爱你，却给不了你想要的陪伴。很多人都是这样，当我们想念一个人时，就会变成微风，轻轻掠过想念的人的身边。就算那个人感觉不到，可这就是我们全部的努力。

从前想你的时候，总是兴奋至极地写上一大段话，却迟迟无法按下发送。后来想你的时候，总想抓出脑海中的只言片语，却拙于表达，再写不出一个完整的句子。而现在想你的时候，我不再想要为你做些什么，只是想想你，放首自己喜欢的歌，然后睡去。

我们都像小孩，胡闹是因为依赖；礼貌，是因为陌生；主动，是因为在乎；不联系，是因为觉得自己多余。真的对一个人好，没有时间去思考，对这个人好有什么用，能有什么回报。真好都是傻好，一点也不复杂，只是你开心了，我就快乐了。就这样简单。

有的人把心都掏给你了，你却假装没看见，因为你不喜欢。有的人把你的心都掏了，你还假装不疼，因为你爱。你想给他幸福，却走不进他的世界。你想用你的全世界来换取一张通往他的世界的入场券，不过，那只不过是你的一厢情愿而已。你的世界，他不在乎；他的世界，你被驱逐。原来，爱只是一种遇见，不能等待，也不能准备。

| 喃喃细语 |　想让世界因为我有一点不同，而我的全世界，不过就是你的心。

……

……

就算你是　　　　　　一棵仙人掌，

我也愿意忍受所有的疼痛来拥抱你。

……

……

一次就好，我陪你去看天荒地老，在阳光灿烂的日子里开怀大笑，在自由自在的空气里吵吵闹闹，你可知道，我唯一的想要。世界太小，我带你去到天涯海角，在没有烦恼的角落里停止寻找，在无忧无虑的时光里慢慢变老，你可知道，我全部的心跳都随你跳。

年轻的时候，你爱上一个人，请一定要温柔地对他，不管你们相爱的时间长短，若能始终温柔地相待，所有的时刻将是一种无瑕的美丽。若不得不分离，要好好地说再见，要心存感激，感谢他给了你一份记忆。长大后蓦然回首，你才会知道，没有怨恨的青春才会了无遗憾，如山冈上那轮静美高洁的满月。

他不喜欢你，你故意漂亮地出现在他身边是没用的，你送他的糖是不甜的，隔三岔五发的“你在干什么”“在哪儿呢”，在他眼里跟售楼短信的性质是一样的，你在状态里更新的小心思他是看不懂的，你哭得死去活来他也会不痛不痒的，他是你的生活背景，而你是他的路人甲。

我带你去到　　　　　天涯海角，

在没有烦恼的角落里停止寻找，

在无忧无虑的时光里慢慢变老。

我们都很擅长
口是心非，
又都很希望
对方能有所察觉

日期

天气

心情

地点

为你写过长长的情书，准备过特制的礼物，可惜你不曾知晓，于是这些浪漫都搁浅了。心里的百转千回，化成了一笑而过。我此生的柔情与浪漫，被你点燃，以为会灿烂如焰火，却变成了一个哑炮，无声无息，炸碎了一场梦。总有些人，我们明明知道不会在一起，但还会用力去爱，爱到骨子里。

“突然”是个很好的词，好像一切不珍惜和措手不及都能归咎于突然。突然夏天就过去了，突然就没有暑假了，突然就得到了，突然就失去了，突然谁住进你生命里了，突然你又弄丢了谁，仿佛任何的变故都是突然发生。时间打败时间，爱情打败爱情，输给的不是别人，都是自己。

我一直在关注你，用一切你知道的和不知道的方式。我想要给你一切，可我什么都没有；我想要为你放弃一切，可是我又没有什么可以放弃。如果时光变了，世界暗了，整个城市的灯都闭上眼了，那在你看不到我的时候，你是不是就可以对我说“我爱你”了？

| 喃喃细语 | 明明不喜欢你的时候比较快乐，可是又舍不得回到没有你的日子；失望攒够了我就走，我的热情有限，你把握时间。

可还记得，那百爪挠心、

却又无可奈何的舍不得？

很多时候刻意跟人保持距离，真的不是不喜欢或看不上，实在是明白，一旦靠得太近，当对方知道了我真实的样子，只会失望。所以不是喜欢孤独，我只是不愿让人失望后离开。多希望能有个人，在我说没事的时候，知道我不是真的没事；能有个人，在我强颜欢笑的时候，知道我不是真的开心。

遇见是两个人的事，离开却是一个人的决定，遇见是一个开始，离开却是为了遇见下一个离开。这是一个流行离开的世界，但是我们都不擅长告别。人生，本来就有很多事是徒劳无功的，但是我们还是要经历。说不定，这世上最好的感情，是你喜欢她，她喜欢你，你们却没有在一起。

别把你的恋人不当回事，有一天，会有另外一个人过来，感激你不懂得他的好。希望相爱的时候你有足够的能力和热情与他相拥，希望分开的时候你有足够的勇气坦然相送。承认吧，你不是还放不下他，你只是不敢面对曾经的美好和现在的分崩离析。你只是不敢承认，你输了青春和爱情。

世界上最亲密的姿势，其实不是拥抱，拥抱是最疏离的，因为你永远看不到对方的表情。有些人怒着，却隐藏着深深的爱意。有些人笑着，却掩饰着浓浓的悲伤。真心，总是藏得很深很深，需要一双懂得的眼睛，才能迎上它的目光。人间最好的爱，莫过于懂得。

……

……

“喂，　　　　　　　你等一下！”

“干吗？”

“我喜欢你。”

“可我不喜欢你啊，　　　你是谁啊？”

“我只是通知你一下，没问你意见。”

……

给我一个理由忘记，那么爱的你

日期

天气

心情

地点

我最怕看到的，不是两个相爱的人互相伤害，而是两个爱了很久很久的人突然分开了，像陌生人一样擦肩而过。我接受不了那种残忍的结果，因为我不能明白当初植入骨血的亲密，怎么会变为日后两两相忘的冷漠。我的青春，你走过；你的青春，我参与过。虽然没有一直一直陪我走下去，但我是如此庆幸，在我一生中最美好的时光里，有你来过的痕迹，久久都不曾退去。

你就像一阵狂风，肆无忌惮地吹过来，吹倒我的城墙，吹塌我的城堡，吹动我的心，在我的世界里盘旋呼啸。然后，当我习惯了有你，你却又悄无声息地离去，只留下一地狼藉。过去的就让它过去吧，反正已经来不及从头喜欢你，就像白云再怎么缠绕着蓝天，也不能够永远在一起。

我曾经想要永远地退出你的世界，想要彻底地删除有你的记忆。可是纠结的心无法如你一般决绝，我只能一半明媚，一半忧伤，将过往边走边忘。遇见你，竟花光了我所有的好运气。

感情没有对错，也不存在值不值得。从来都是你情我愿的事，而你被伤得体无完肤也怨不了任何人，是你自己心甘情愿给你爱的人一把刀，就算被捅得血流如注，你还是会咬着牙忍着痛去靠近他。人呐，就是这样，总是好了伤疤忘了疼，就算知道后果，也会想要试一试、赌一把。永远都是。

| 喃喃细语 | 我用尽年少时的青春来爱你，以后便拿余生的苍老来忘你。

不要再对我好言好语，我习惯了，会想要更多。我还是会等你，一直一直在原地等你，其实只是为了积攒失望，攒到能够说服自己戒掉对你的所有暧昧幻想。或许，不联系，就是我们最好的关系；不打搅，就是我最后的温柔；相互忘记，才是我们最好的归宿。

……

很多时候，一个人的改变是从另一个人的到来或离去开始的。谁都有不愿面对的过往、用力爱却爱错了的人、一厢情愿的梦想……你要试着原谅那个笨极了的自己，你还要学会一点点放下，毕竟爱错的人是你曾真正爱过的人。

……

我放开了，但还没放下；我恢复了，但还没痊愈；我想开了，但还有怀念；我忘记了，但还有回忆。我猜很多人和我一样，电话本里会有一个永远不会打，也不会删的号码；心里会有一个永远不会提，也不会忘的人。

雨声　潺潺，
像住在　溪边，
宁愿　天天下雨，
以为你是因为下雨不来。

today

有多久　　　　没见你，
以为你在我不知道的某地，
可怎知你竟住在了我心底，
陪伴着　　　　我呼吸。

如果我能不爱你，那该多好

日期

天气

心情

地点

如果我不爱你，我就不会思念你，我就不会嫉妒你身边的异性，我也不会失去自信心和斗志，我更不会痛苦。如果我能够不爱你，那该多好。又或者，如果我能少爱你一点，你就会发现我是个特别好的人。有时候，爱会让人面目可憎。

害怕失去，所以不敢拥有；害怕欺骗，所以不敢相信；害怕被看穿，所以一直伪装；想要坚强，所以一直逞强；不想放弃，所以一直坚持；不想流泪，所以一直装笑；不想被丢下，所以宁愿独自一人；不想被过去束缚，所以选择遗忘过去；不想说再见，所以宁愿不要遇见。

我想着各种理由来讨厌你。讨厌你占据我所有思绪，讨厌我的情绪受你控制，讨厌你不知不觉进入我的领域，连你的模样我也要竭尽全力去忘记。可是，不管我想不想你，你都沉淀在我眼里；不管我爱不爱你，你都深埋于我脑海里……如一条湍急的河流在我心里波涛汹涌，而我，却无法泅渡。

| 喃喃细语 | 我一生中最幸运的两件事：一件是时间终于将我对你的爱消耗殆尽；一件是很久很久以前有一天，遇见你。

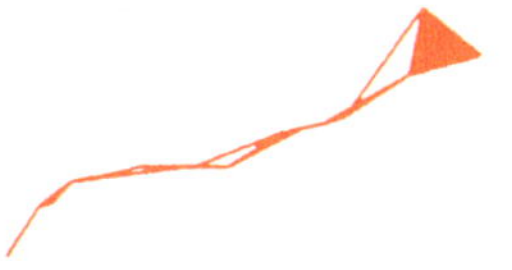

不要明明　　一个拥抱
就可以解决的　　问题，
偏偏说　　　　　分手。

我看过你，青春洋溢笑着奔跑的样子；我看过你，羞涩浅笑抿嘴说话的样子；我看过你，泪流满面默默哭泣的样子。我看过你的很多样子，但那些在我看来你最美好的样子，都不是因为我。我何其不幸，不能成为那个你爱的人。那么，被你爱的那个人又何其幸运。他抢走了全部，这辈子我在你面前的，所有的幸运。

如果，晴天是快乐的理由，你就是我的晴天；如果，阴霾是羞涩的表情，也只因你的存在而值得留恋。你犹如一阵轻风，吹皱了我的心湖，留下平平仄仄的波纹让我独自抚慰；你是一缕淡雅的幽香，留下淡淡的余香让我沉醉；你是一段悠扬的乐曲，留下余音在我耳畔萦绕……

我喜欢上你的那些日子，并没有很特别。一样有雨天、阴天、晴天。风一样轻，云一点淡，蒲公英一样的飘摇，树叶一样的摇曳，蝴蝶一样的飞。而今的我，一样，一天天地走过那条小路，一天天听那首歌，一天天看那本未完的书。我现在唯一能做的，是期待着有一天，也许我们还能再见面。

如果能够不爱你，我就没有相思的苦，没有守望的累。天不会因为你而显得阴郁，心不会因为你而寂寞。如果能够不爱你，失去你，我就不怕迷失了自己，得到你，我也不怕你哪天会离去。可是，纵使不爱你有多么好，我还是毅然决然地爱着你，无法自拔地爱着你，因为没有你，再好又有什么意义？

“为什么每次出门，　　　　　　　　　都要合影？”

“因为我害怕日子一更新，　　　　　　我们就走散了。

害怕如果记忆突然失明，寻人启事都不知道要怎么贴。”

remember

每天想你，
是我一个人的
小天气

日期

天气

心情

地点

我想你了，可是我不能对你说，就像开满梨花的树上，永远不可能结出苹果；我想你了，可是我不能对你说，就像高挂天边的彩虹，永远无人能够触摸；我想你了，可是我不能对你说，就像火车的轨道，永远不会有轮船驶过；我想你了，可我，真的不能对你说，怕只怕，说了，对你，也是一种折磨。

你的誓言往往像甜而脆的薄饼，进入嘴里就会慢慢融化，可是它又会迅速地潜伏进我的体内，占领我的心。怎么可能在拥有爱情的同时又拒绝受伤，别忘了，丘比特射出的是箭，不是玫瑰。我有多喜欢你，我说不出来，但我心里明白，我宁愿和你吵架，也不愿去爱别人。

我们要听风吹过峡谷，才知道那就是风；我们要看到白云浮过山脉，才知道那就是云；我们要爱了，才会知道这就是爱。有人说爱一个人，若他依然单纯，就要带他看尽世间繁华，若他已历经沧桑，就要带他坐旋转木马。我爱了你那么久，却始终没来得及和你看世间繁华，坐旋转木马。

不得不承认，我是个很天真的人。谈了恋爱，就想过一辈子；交个朋友，就想往来一生。尽管有时候故作姿态，说着一切顺其自然，可心里不愿让任何美好的事情发生一丝的改变。对于一个在感情上没有远见的人来说，最大的期盼，大概就是希望所有的感情都能真挚且长久吧。

| 喃喃细语 | 我想你。不对，让我更正一下，我想念曾经的你。我想念那个曾经会关心我的你。

即使在　千万人中　　　　行　　　　　　走，
我也能一眼认出是　　　　你。
因为别人都是踩着地走路，
而你是　踩着我的　　　　心　　　　　　在走。

我们在似是而非的斑驳岁月里，见证了一整场关于青春的葬礼。原本爱得昏天暗地的，如今早已物是人非。时光轮回，是什么稀释了曾经的挚爱，又是什么吹残着脆弱的爱情？我们都不知道答案，反正我不会忘记，你曾对我说："爱已时过境迁，彼此不要怀念。"

不是每个擦肩而过的人都会相识，也不是每个相识的人都会让人牵挂，至少在我们的今生，在那个地方，在一转身的时候曾经相逢过。你要知道，偌大的地球上，能和你相遇真的不容易，感谢上天，给了我们这次樱花一般烂漫的相逢。

每一个不懂爱的人，都会遇到一个懂爱的人，然后经历一场撕心裂肺的爱情。不懂爱的人慢慢懂了，懂爱的人，却不敢再爱了。时间在走，懂得的多了，快乐就少了。曾几何时，未来遥远得没有形状，我们单纯得没有烦恼。如今我们也需明白，怀念不一定就要相见，喜欢不一定就要在一起，因为每一种距离都有它存在的意义。

"缘分要等，我不喜欢等。"

"那你喜欢什么？"

"我　　　喜欢你。"

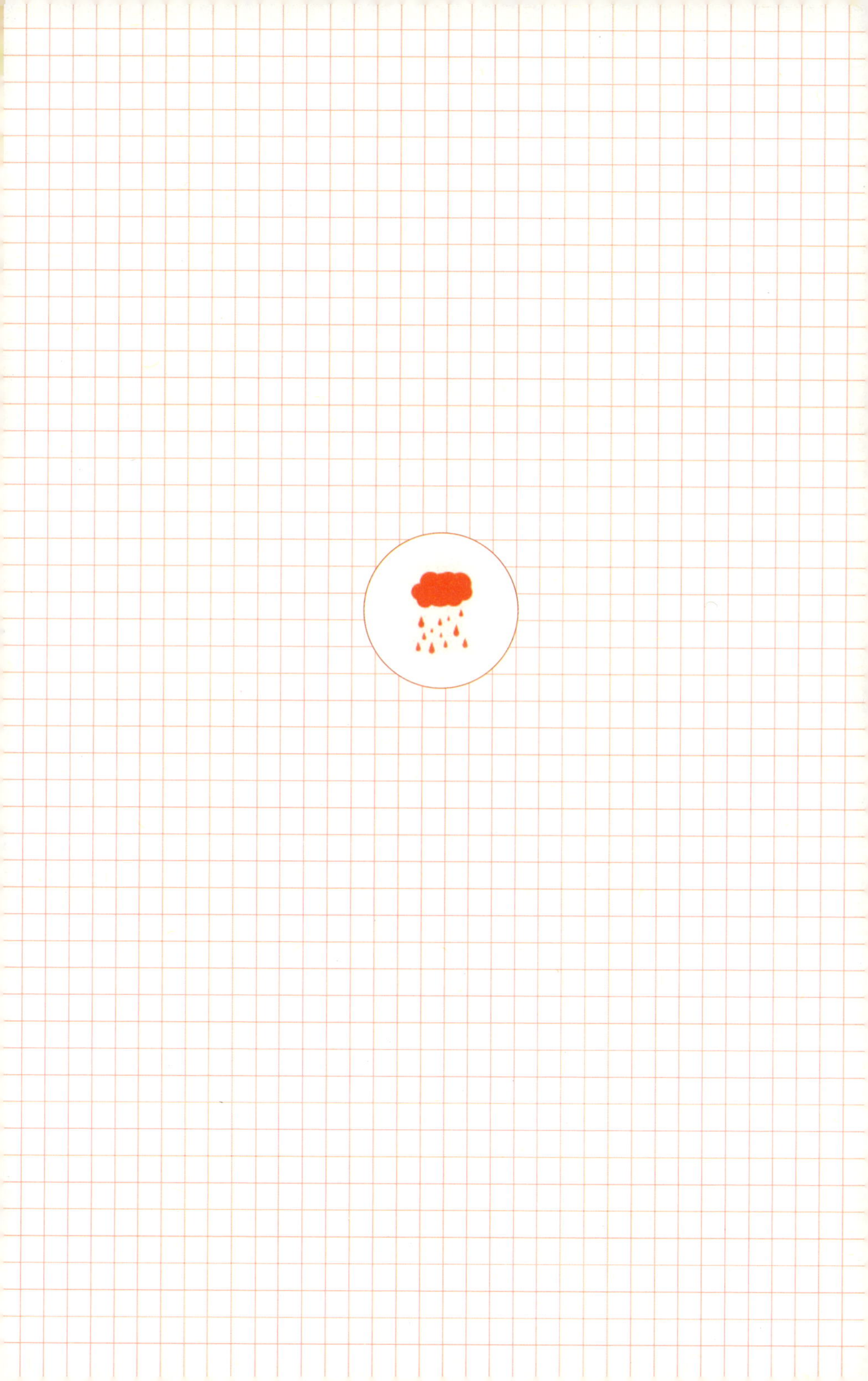

你是我猜不到的不知所措，我是你想不到的无关痛痒

日期

天气

心情

地点

其实没什么大不了，后来你会发现，当初对一个人的念念不忘，最后都成了无关痛痒，你也不会再像什么都知道似的，跟谁许诺一辈子在一起。爱情狠狠地经过了我们，留下了温柔的信仰，你懂得爱自己多一些，对他的期待少一些，学会了接受爱里未知的挑衅。

总在快乐的时候，感到微微的惶恐；在开怀大笑时，流下感动的泪水。我无法相信单纯的幸福，对人生的起伏悲喜，既坦然，又不安。我想要的爱情，其实很简单：我说话时，你会听；我任性时，你会爱；我需要时，你会在；我转身时，你没离开。

当你认真谈过一段感情，最后却分手了。后来你会很难再去喜欢别人，你不想花时间也不想去了解。就好比你写了一篇文章快写完了，但老师说你字迹潦草把你的本子撕了，让你重新写一遍。虽然你记得开头和内容，但你却也懒得写了，因为一篇文章花光了你所有的精力，只差一个结尾，你却要从头来过。

都说时间是最好的良药，当你觉得力不从心的时候，莫如将一切交付给时间，它会让你把该忘记的都忘记，让你漫不经心地从一个故事走进另一个故事里。原来，不是每个人，都适合和你白头到老。有的人，是用来成长的；有的人，是用来一起生活的；有的人，是用来一辈子怀念的。

| 喃喃细语 |　原来一个人会梦见另一个人，是因为心底觉得离那个人好远好远。

……

……

……

你不愿意种花，你说，我不愿看见它一点点凋落。

是的，　　为了避免结束，宁愿避免一切开始。

总以为，我们很爱某个人，会一生一世地爱下去，哪怕所有人都在告诫我们，但我们宁可相信自己编织的童话，也不愿相信身边人说的；总以为，我们爱上了一个人，就必须一辈子不变心；总以为，我们的固执和坚持，是能让冥冥中安排的际遇，如愿发生……可当云雾散尽，当两条相交线错开，我们才知道，自己不过是当局者迷。

有没有那么一个人，曾经让你发了疯地想，现在却是拼了命地忘。或许最美的事不是留住时光，而是留住记忆，如最初相识的感觉一样，哪怕一个不经意的笑容，都是我们最怀念的故事。但愿，时光，如初见。

我们总是在错误的时间，错误的地点，懵懂时就爱上那个人，然后，不得不用尽一生来遗忘。有些人离开就是离开了，渐渐地，生活会变得没有什么不同，仿佛那个人不是消失了，而是从未曾出现过。这是我们所希望的，也是必须承认的，原来我们没有那么重要，原来我们并非不可遗忘，面对时间，我们都一样。

“你好，我想问下路。”

“什么路？”

“去你心里的路。”

我想你，
也想忘了你

日期

天气

心情

地点

有一天，没那么幼稚了，爱着的依旧是你，但是，我总是对自己说：我也可以过孤独的日子。唯有如此，失望和孤单的时候，我才可以不起波澜地跟自己说：不是你对我不好，而是爱情本身就是短暂的，它曾经有多么浓烈，现在也就有多么寂寞。关于你，我从来都不需要费力去想起，因为从来都不曾忘记。

想忘了所有，只是心不答应。想起你，我笑得像个傻瓜。我等过你，用了我的青春年华，我爱过你，用最初最真的心。世界上，总是会有那么一个人，让我不眠不夜；总会有那么一个人，拼凑我的无奈；总会有那么一个人，牵痛着我的心；总会有那么一个人，使我无法忘怀。

其实，谁喜欢你，你能感觉得到；你喜欢谁，他对你爱不爱，在不在意，你也能感觉到。有时候，聪明如你，傻就傻在习惯欺骗自己，承诺了不该给的承诺，坚持了没必要的坚持。爱情这事，勉强不了，住不进你心里的人就放他走，你走不进的世界提前先掉头。

你喜欢的人离开你，没有什么；正如你不喜欢的人，你也要离开一样。爱情的美妙之处也许就在于不确定性，如果一开始就能预知结果，爱情也就失去了魅力。想爱的时候就争取，相爱的时候就珍惜，不爱的时候就放手。不要因为一次不合适的爱去纠结，而忘了怎么去继续爱下一个人。

| 喃喃细语 | 我一直在想，我到底是喜欢你，还是需要一个影子放在心里，让我喜欢。

……

……

……

……

我想，　换个时间，　换个地点，　换个身份，
忘了一切，　重新开始。

都忘了我们有多久没说话了，也快忘了当初为什么有那么多话跟你说。爱你，所以才吃醋。如果没有爱，那么无论你做什么我也无所谓了。我也知道，聪明的人这时候应该表现得落落大方、不显露出半点妒意，可是，有谁能够在爱情的天平上保持平稳的心态呢？你会忘了我，然后爱别人；我会记得你，然后爱别人。

迷上某人只需一分钟，喜欢上某人需要一小时，爱上某人则要一天，然而，忘记某人却是一辈子的事情。生命是一场又一场的相遇和别离，是一次又一次的遗忘和开始。可总有些事，一旦发生，就会留下痕迹；总有个人，一旦来过，就无法忘记。时间没有等我，是你忘了带我走，我们就这样迷散在陌生的风雨里，从此天各一方，两两相望。

也许忘了人，忘了事，可当听到熟悉的音乐，看到曾一起走过的街景，才发现当时那种心情一直都还在。原来，生命中出现了又不再联系的人，不是遗忘、不是躲闪、不是诀别，是为了给对方一个想念、怀念、思念的距离。

肚子饿了，　　开始吃饭；
吃得饱饱，　　开始想你；
觉得困了，　　开始睡觉；
睁开眼睛，　　开始想你。

…… 爱，

是什么都介意，

又什么都能原谅。

……

……

……

Part Three

你是漫天繁星，我是逐光之萤

在这不长的生命中，可以遇见一个闪闪发光的人，是多好的事啊！

就算你们没有在一起，但至少把他当成信仰一般遥远地爱过，这样青春就无悔了吧。

你是一座孤岛，
我是上不了岸的潮

日期

天气

心情

地点

在你遇见对的人之前，别着急，尽量让自己更好一点，让对方知道等你是值得的。最怕就是，那个你认为对的人遇见了你会叹息一声，埋怨自己等那么久只等来你这样一个人。如果这个人现在还没有出现，别着急，他是在打怪升级提升自己中，因为他也怕被你嫌弃。

“喜欢”是个开关，一旦按下，那巨大盲目的幸福，那失声沉默的痛苦，就没办法自己结束。终于等到断电，傻到打开胸腔，把心脏当作充电宝。有人找不到开关，有人藏起来开关，有人拆掉了开关。其实，开关永远在你必经的路上，只是慢慢地，你学会了换一盏小点的灯。

最难过的，莫过于当你遇上一个特别的人，却明白永远不可能在一起，或迟或早，你不得不放弃。你尝试忘了他，并且十分努力，可并没有用。原来，忘记一个人，并非不再想起，而是偶尔想起，心中却不再有波澜。真正的忘记，是不需要努力的。

| 喃喃细语 | 这辈子都没有过什么优越感，光不自卑，就已经用尽全力。

明明是你 偷走了我的心，

可是每次目光短兵相接的时候，总是我逃开，

好像我 才是那个小偷。

暗恋一个人的心情，就像是瓶中等待发芽的种子，永远不能确定未来是否是美丽的，但却真心而倔强地等待着。然而，世上最酸的感觉不是等待、不是吃醋，而是无权吃醋。吃醋也要讲名分，和他相爱的是另一个人，他的醋也轮不到你吃，自有另一个人光明正大地吃醋。原来，吃不到的醋才是最酸的。

你喜欢去哪里？青海或三亚，冰岛或希腊？南美不去吗？沙漠你爱吗？我问太多了。我喜欢上你，就是小心翼翼又蠢蠢欲动，就是想跟你周游世界又怕你不喜欢。

我们爱一个人，就是交给这个与我们对峙的世界一个人质。我爱你，就是将我自己交给你，把我自己当成人质交给你，从此，你有伤害我的权利，你有抛弃我的权利，你有冷落我的权利，别的人没有。这个权利，是我亲手给你的。千辛万苦，甘受不辞。

那个消失在人海的男孩，教会你爱是会流动的风；那些约好一起变老的女孩，教会你爱是原地深情的磐石；那些你爱听的歌，翻唱起来却总要变调。爱开玩笑的迷藏，睁眼看就走散了故人。以为痛起来会死掉的伤，时光终于替你一一抚平。

你是　　　　　　　　一座孤傲的岛，
有自己的城堡，我是上不了岸的潮，
只能　　　　　　将你　　　　　　围绕。

today

你是漫天繁星，我是逐光之萤

日期

天气

心情

地点

原来只是因为之前没有遇见你，所以我才一直不相信一见钟情。遇见你之后，你无意间说了一本书的名字，我就偷偷地找来看；你无意间说了喜欢一种香水，我就偷偷地买来喷；你无意间哼出的一首歌，我就偷偷地让它单曲循环。暗恋是世界上最辛苦的秘密，我只能不动声色地做到这里。

有谁不曾为那暗恋而痛苦？我们总以为那份痴情很重，很重，是世上最重的重量。有一天，蓦然回首，我们才发现，它一直都是很轻的。我们以为爱得很深，来日岁月会让你知道，它不过是很浅的。

你心事重重、小心翼翼，做很多他不知道的事；你一路飞奔、默默关心、藏起自己。你想站在喜欢的人面前，说句“我喜欢你”，到头来，你战胜了自己，千言万语却只化成一句“你好”。有时喜欢就是这样，若无其事的问候背后藏着的所有，只有你知晓。

这世界上有很多你忽略了的同义词，比如相爱与相互折磨，比如再见与请不要走，比如悄悄关注与我很想你。我以为终有一天，我会彻底将爱情忘记，将你忘记，可是，忽然有一天，我听到了一首旧歌，我的眼泪就下来了，因为这首歌，我们一起听过。

| 喃喃细语 | 我是傻瓜，心里只有你的傻瓜，你是傻瓜，连我的心都不知道的傻瓜。

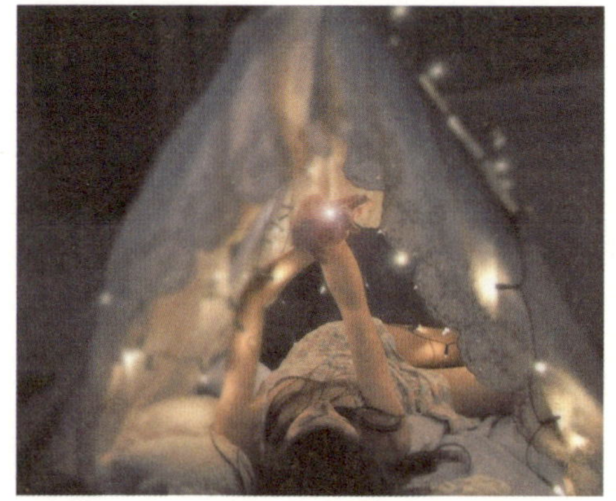

喜欢你的人　　　　　　很多，
不缺　　　　我　　　　一个；
我喜欢的人　　　　　　很少，
除了　　　　你　　　　就没了。

……

……

……

什么都不能与暗恋一个人的感觉相比。简直就是在自己的猜测和臆想里演一场主角只有你俩的电影。你会变得敏感、羞涩、患得患失但又努力不落痕迹。在他的字里行间拼凑他也爱你的证据，他主动找你说话的时候，压抑欣喜的心情努力云淡风轻，斟酌再三地回复他。自以为小心思藏得很好，但是爱与贫穷、咳嗽一样，根本藏不住。

有很多话想跟你说，但一直没有机会。我携带着它们穿越季节，掠过高架，铺在山与海之间。花盛开就是一句，夜漫过就是一篇。黄昏时开始书写，黎明时却是无数的扉页。全世界拼成一首诗，我爱你当作最后一行。

我现在在做两件事，一件是变优秀，另一件是等你。因为想靠近，又不敢靠近，就更加觉得自己要变得更好，才有资格站在你面前。后来，我终于能接受，我们不会再在一起这个事实。我想我唯一能做的就是，记住那些你拥有的让我着迷的品质，好好地生活下去。

头脑可以　　接受劝告，
但　心　　　　却不能，
面对爱，　因为没学地理，
所以　　　　不识边界。

和你擦肩而过的
遗忘，
是我一生的
惊涛骇浪

日期

天气

心情

地点

偷偷爱着的时候，就整天鬼迷心窍地琢磨着他。他偶然说句话，就想着他为什么要这样说？他在说给谁听？有什么用？他偶然的一个眼神掠过，就会颤抖、欢喜、忧伤、沮丧。怕他不看自己，也怕他看到自己，更怕他似看不看的余光，轻轻地扫过来，又飘飘地带过去，仿佛全然不知，又仿佛无所不晓。觉得似乎正在被他透视，也可能正被他忽视。

终于有一个机会和他说了几句话，就像荒景里碰上了丰年，日日夜夜地捞着那几句话颠来倒去地想着，非把那话里的骨髓榨干了才罢。远远地看见他，心里就毛毛的、虚虚的、痒痒的、扎扎的，或上天堂，或下地狱——或者，就被他搁在了天堂和地狱之间。

爱着的时候，费尽心机地打听他所有的往事，秘密地回味他每个动作的细节，而做这一切的时候，要像间谍，不要他知道，也怕别人疑心。要随意地把话带到他身上，再做出爱听不听的样子。这时候最期望的就是他能站在一个引人注目的地方，这样就有了和大家一起看他和议论他的自由。

爱着的时候，有时心里潮潮的、湿湿的，饱满得像涨了水的河；可有时又空落落的，像河床上摊晒出来的光光的石头；有时心里软软的，润润的，像趁着下雨长起来的柳梢；有时又闷闷的，燥燥的，像燃了又燃不烈的柴火。一边怀疑着自己，一边重视着自己，一边可怜着自己，一边也安慰着自己。自己看着自己的模样，也不知该把自己怎么办。

| 喃喃细语 |　我假装不喜欢你和你假装喜欢我，哪一个更残忍一点？

有时冲动起来，也想对他说，可又怕听到最恐惧的那个结果，就只有不说。可又分明死不了那颗鲜活的心。于是心里又气他为什么不说，又恨自己为什么没出息老盼着人家说，又困惑自己到底用不用说，又羞恼自己没勇气对人家先说。于是就成了这样，嘴里不说，眼里不说，可每一根头发、每一个汗毛孔儿都在说着，说了个喋喋不休，水漫金山。

日子一天天过去了，还是没说。多少年过去了，还是没说。那个人像一壶酒，被窖藏了。偶尔打开闻一闻，觉得满肺腑都是醇香。那全是自己一个人的独角戏，一个人的盛情啊。此时，那个人知道不知道已经不重要了。不，最好是不要那个人知道，这样更纯粹些。

偷偷地爱着一个人其实并不悲哀。这份爱没有尘世的牵绊，没有啰唆的尾巴，没有俗艳的锦绣，也没有混浊的泥汁。简明、利落、干净、完全，这种爱，古典得像一座千年前的庙，晶莹得像一弯星星搭起的桥，鲜美得像春天初生的小草。

一入夜盛开的，　　是你不知情的　喜欢。
一转身记载的，　　是你未发觉的　离散。
从　心动开始，　　付出　即是　　偿还。

你的一句晚安，媲美漫天星光

日期

天气

心情

地点

我今天做了很多事，吃饭、聊天、午睡，上课、步行、回家，路上买了一支甜筒、一兜零食，还目睹了一场纠纷。其实，前面那些都是虚构的，我今天一整天只做了一件事，那就是想你。你对我来说就像夏天里的蚊子，我希望最好整个夏天都不要被你咬到，但如果没有被你咬过，又怎么算是过了完整的夏天。

你微微地笑着，不同我说什么话，而我觉得，为了这个，我已等待得很久了。从我遇见你的那一天起，我就在心里恳求你，如果生活是一条单行道，就请你从此走在我的前面，让我时时可以看到你；如果生活是一条双行道，就请你让我牵着你的手，穿行在茫茫人海里，永远不会走丢。

美好的事是你突如其来给了我一个拥抱，是人潮拥挤你自然而然地牵紧我的手，是你给我起的特别昵称，是你早晨的早安和夜里的晚安，是你在我身边的安心和随意，是你对我无话不说的信任，是你心里有我常常想念我，是你爱我包容我的臭脾气。

每一个出现在你生命中的人，都是有原因的。喜欢你的人给了你温暖和勇气，你喜欢的人让你学会了爱和自持；你不喜欢的人教会了你宽容和尊重，不喜欢你的人让你自省和成长。没有人是无缘无故出现的，因此每一个人都值得感谢和祝福。唯愿有人，陪你说一世晚安。

| 喃喃细语 | 你的晚安是一根灯绳，轻轻一拉，“咔嗒”一声，就熄灭了整个城市的灯，然后，夜晚才真正到来。

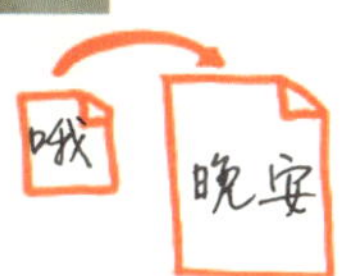

你是我晚上睡觉前最想聊天的人，

我　　爱　　这种感觉。

……

……

……

……

……

我曾经爱过你，爱情也许在我的心里还没有完全消亡。但愿它不会再打扰你，我也不想再使你难过、悲伤。我曾经默默无语、毫无指望地爱过你，我既忍受着羞怯，又忍受着嫉妒的折磨，我曾经那样真诚、那样温柔地爱过你，但愿上帝保佑你，另一个人也会像我一样地爱你。

人一生的时间并不多，但是用来等一个人，我相信已经足够了。我不会和你一起难过，我只会更加努力。直到有一天，你可以放下所有东西的时候，你会发现一切我都已经为你准备好了。回头想想，也许我还是不够爱你吧，如果真的爱，难道不是不怕昭告天下吗？

为什么多数情况下，都是“来的不是你”和“你不在”。你知道吗？太阳再暖也没有你在心暖，岁月再平安也没有你在心安。睡前给你讲个故事吧，这故事很长，我怕我一时讲不完。那我长话短说吧，我想你了，晚安。

最喜欢的　　人，
在　　　屏幕里。

我在你的世界里，下落不明

日期

天气

心情

地点

那时候的一句喜欢是那么难说出口，早已确定的心动却要千回百转、左右试探，在唇边转无数个圈，可就是这句青涩的喜欢，让多少炙热的“我爱你”都黯然失色。当然了，暗恋的时候吃起醋来也往往最凶，大概就像橱窗里那件想要太久的衣服，最后却被别人买走。执念太深，就以为自己拥有过。

暗恋一个人，就是当你突然看到迎面走来的他时，那种猝不及防的如遭雷击的触电感。虽然你会表现得很镇定自若，就如素不相识一般，一脸清高和漠然地从他身边走过，可是却难以掩饰心里的那份紧张慌乱、羞怯和不安。

认识你之前，我一直觉得单身真好，认识你之后，我每天都在祈愿有情人终成眷属。我希望一直暗恋着你，这样我们就不会在下一刻变成陌生人。暗恋是无力的控诉，如果我不开口告诉你，是否就一直保有爱你的权利?

暗恋一个人，久了，我们就会贪慕这样的感觉，喜欢上这份单恋的心情，而不再是那个人了。你不再想和这个人有故事，你只想偷偷地继续喜欢着他，一直到老，甚至直到死去，这也是个不为人知的秘密。也许在某一天，闭着眼睛已经想不起来他的样子，却还是那么喜欢他。

| 喃喃细语 | 如果一个人在你心里，在你脑海里，在你梦里，在你眼里，却不在你身边，那是怎样的疼痛?

你是真傻还是装不知道啊，
我喜欢你不是一天两天了，
你怎么就看不出来呢？

……

……

……

我最想旅游的地方，是我暗恋者的心里。暗恋啊，就是闷热的夏日里躺在床上看着天花板，突然想到了你，心里就像开了无数个粉色的小风扇一样，呼啦啦地吹起来一阵风。为什么暗恋那么好，因为暗恋从来不会失恋，你一笑我高兴很多天，你一句话我记得好多年。

暗恋的那个对象只不过是一个躯壳，灵魂其实是我们自己塑造出的神。明白这件事之后我突然一阵失落。原来我害怕的，根本不是你从未喜欢我，而是总有一天，我也会不再喜欢你。有时候，我选择与某人保持距离，不是因为不在乎，是因为我清楚地知道，你永远不属于我。

爱就是爱，你给我一个萤火虫，我当作是太阳。暗恋也许过后回忆起来是美好的，是值得怀念的，是令人感慨的。可是，至少我们每一个人身处其中的时候，都是那么希望，自己可以是那个人身边的人。而不是像现在，连个远远守候的资格都没有。我爱你，可是我不想告诉你。

别随便 嫌弃 一个女生 幼稚或者话唠，

她要 不是喜欢你，

比任何人都 成熟、稳重、安静。

我再也没有家，后来所有的感情都是寄人篱下

日期

天气

心情

地点

世界上最大的成就感莫过于：你喜欢的人，在你的努力下，逐渐地爱上了你；而最悲哀的事情莫过于：你努力地喜欢着一个人，他还是没法喜欢你。要怪就怪自己，有本事喜欢上别人，没本事让人家喜欢你。此后，你恐怕再也没有家，所有的感情都是寄人篱下。

如果你想要一朵花，我就给你一朵花；如果你想要一颗星，我就给你一颗星；如果你想要一场雪，我就给你一场雪；如果你对我说，你想要离开我，那么，我就给你自由。我们总在冬天里想着夏天的背心跟冰激凌，在夏天的烈日下怀念皑皑的雪，总在争取得不到的同时，把得到的却丢掉了。

为什么伤害隔着那么远都能做到，而安慰，却必须在身旁才行呢？每失望一次，我就少做一件爱你的事，直到最后不主动找你，收起你的东西，删掉你的照片，再也不偷偷看你，就是该说再见的时候了。失望是一天天积累的，离开是很痛的决定。

越亲近的人，越不知道底线在哪里。我们肆意开过火的玩笑，揭最深的伤疤，以为这才是真正相爱的证据，却忘了感情也有一个账户，也需要储蓄。所不同的是，余额归零的时候并不意味着重新开始，而是永远结束。

| 喃喃细语 | 怕你知道，又怕你不知道，最怕你知道了，却假装不知道。

如果你喜欢的人不喜欢你，那么就算全世界的人都喜欢你，还是会觉得孤单吧。曾以为只要认真地喜欢，就可以打动一个人，原来却只是打动了自己。失去爱的天空，便没有了颜色。直到有一天，你遇到一个人，你们彼此相爱，终于明白，所有的寻觅，再深的绝望，也只是一个过程。

永远不要让那个喜欢你的人撕心裂肺地为你哭一次，因为，你能把他伤害到那个样子的机会只有一次。那一次以后，你就从不可或缺的人变成可有可无的人了，即使他还爱你，可是，总有一些东西已经改变了。

对在乎你、牵挂你、为你哭的人好一点，别哪天一觉醒来，发现在数星星的时候，把月亮弄丢了。有一种借口叫年轻，可以不珍惜时光，不珍惜爱，不珍惜一切来之不易的东西。有一种感情叫错过，错过爱，错过可以相守的人，错过一段刻骨铭心的情。

feeling

所谓暗恋　　不过是：

我的骄傲，无可救药。

……　　……

……　　……

……　　……

…… …… ……

…… …… ……

…… …… ……

别 等到最后 他是 别人的了，
你的喜欢 却变成了 爱。

喜欢你，是一场漫长的失恋

日期

天气

心情

地点

我的心始终为你而紧张，可就像你口袋里装了怀表，你对它绷紧的发条没有感觉一样。你在那滴答不停的走针声中，只有一次向它匆匆瞥了一眼。是啊，每个人都曾有一段内心独白，夹杂着忐忑和不安，却饱含真心和勇气。然后，一个人就那么深刻地爱着另一个人，奋不顾身，却还是一个人。

喜欢你，是一场漫长的失恋，漫长到直至我老去，再想起你时，仍会热泪盈眶。那颗喜欢你的心，成了我青春里的朱砂痣。而漫长的失恋，却是今后人生里的明月光，或许会偶尔模糊，却不曾消失。你曾说，会给我一生的时间，让我把爱情的故事写完，而诗笺上的墨迹还未晾干，你却成了我可望而不可即的遥远。

在故事的最开始，我们以为对方是自己人生里的最不能错失的那个唯一，但到最后才颓丧地发现，你不是非我不娶，我不是非你不嫁，这是个太伤人的误会而已。只是非要到最后才明白，感情让人痛苦的地方，是对方的心早已收了起来，而自己的心还不肯回来。

| 喃喃细语 | 我多想带你去看看以前还没爱上你的我，这样你就会知道，你的出现，是怎样地改变了一个人。

我曙以为，　以后的岁月　　　　　那么漫长，
漫长到　　　　　　　我可以重新喜欢上一个人，
就像当初　　喜欢你　　　　　　　　　　一样。
可是，真的可以像喜欢你一样地　去喜欢他吗？

……

……

……

……

喜欢的东西，比如衣服，会穿到不能穿；比如食物，会吃到想吐。有人笑我笨，我只是在对待喜欢的东西或者人上，有一种奇怪的执念。我喜欢你，就会一直喜欢你，等到我喜欢不动了，等到我的喜欢被耗尽，等到我倒下了，就不喜欢了。再次站起的时候，就换个人喜欢。

因为有你，我也曾有过一起到白头的渴望。但我从你的只言片语中听到了失望，于是说服自己习惯独处，习惯一个人默默行走。不是不想爱，是不能爱。因为怕伤人，也怕被伤。

明明是深爱，却要装作若无其事；明明是关心，却要装作毫不在乎；明明是思念，却要装作心无挂碍……暗恋的人真的很会演戏，我们是天生的伪装者，几乎可以骗过所有的人。然而最悲哀的是，本以为同样可以骗过自己，却突然发现自己早就识破了自己的谎言。

因为太喜欢他，所以什么都能原谅他，也是因为太喜欢他，所以他才总是得寸进尺，他才可以一而再地让你难过。可是，就连那些无由悲泣的泪水，无数个不欢而散后的失眠夜，都未曾让你后悔过初始与他相爱的决定。你就这样，擅自喜欢上人家，擅自想入非非，然后，擅自开始一次漫长的失恋。

你走了真好，　　不然总担心　你　要走。

……

……

有一种感觉比失恋还要痛苦，

叫作自作多情。

……

……

唯愿你好，即使后来的你与我全然无关

我比这世上任何一个人都更加热切地盼望　你能幸福，

但是，想起你的幸福与我无关，　还是会非常难过。

我只是不明白，为什么命运要让两个不可能在一起的人相遇。

说了再见之后，竟再也没见

日期

天气

心情

地点

相遇，却来不及相聚；相聚，却来不及牵手；牵手，却来不及相爱；相爱，却来不及相守。有时候，你怀念的只是一个简单的名字，一段简单的相遇。在爱情里，只有一个人会负责保管彼此的记忆，记得彼此多么深爱着对方；而另一个人，会毫不眷恋地往前走。

我没有很刻意地去想念你，因为我知道，遇到了就应该感恩，路过了就需要释怀。我没有故意要去想念你，只是在很多很多的小瞬间，想起你。比如一部电影、一首歌、一句歌词、一条马路和无数个闭上眼睛的瞬间。

别动不动就把聊天记录截下来保存了，等物是人非的时候拿出来看着不伤感吗？你要知道，每一句甜言都是嘲笑，每一个亲吻、爱心、表情、晚安，都显得不可思议。当初怎么说得出来？现在又怎么会是这种境况？也许对方早就不记得和你说过什么，可你还念念不忘，真糟糕！

我们每时每刻都在成长，尽管有些成长你根本不想要，有些代价你根本不想承受。于是我们只能一点点抽离以前的自己，失恋后痛哭的自己，在操场看日落的自己，笨拙的自己，迷路的自己……但你要保留住一些东西，让你得以还是你自己。走得远了就回头看看，最初的你肯定无比幼稚，但他身上也一定有你想要的东西。

| 喃喃细语 | 我从来没有招惹你，你为什么要来招惹我？既然招惹了，为什么半途而废？

……

……

……

总有　　　　　　　　　　　　一个人，
绘声绘色地　　　　　　　　教会你成长，
然后，
悄无声息地　　　　　　　　　　离开。
我们都很好，　　　　　只是时间不凑巧。

多少黑名单里的人，是曾经的特别关注；多少曾经互道的晚安，如今却变成了呵呵与再见。没有一段感情是始终如一永恒不变的，也不会有多少朋友会一直守在你旁边。就像听一首曲子，调子喜欢就围在一起；曲终人散，就好好道别，从此不再打扰。可惜很多人只会享受甜蜜，不会处理告别，怨恨纠缠，彼此两厌。

我们说再联系，却是再没联系；我们说没关系，真的是再没关系。时间打败时间，爱情打败爱情，输给的不是别人，都是自己。多年之后，关于曾经的甘苦爱恨，最温存的追忆大概也就是在四下无人时，弱弱地自问一句："我想你的时候，你是否也在想念我？"

你会不断地遇见一些人，也会不停地和一些人说再见。从陌生到熟悉，再到陌生。从臭味相投，到分道扬镳。从相见恨晚，到不如不见。青春就像是一场大雨，淋过、干透，看似什么都没有，却殊不知，那些痕迹，已牢牢占据了你的心底，而残留下的，总是美好而又清澈。

我想成为　你最喜欢见到，

和　最舍不得说　再见的人。

唯愿你好，即使后来的你与我全然无关

日期

天气

心情

地点

如果有一天，你要离开我，我不会留你，我知道你有你的理由；如果有一天，你说还爱我，我会告诉你，其实我一直在等你；如果有一天，我们擦肩而过，我会停住脚步，凝视你远去的背影，告诉自己那个人我曾经爱过。或许人一生可以爱很多次，然而总有一个人可以让我们笑得最灿烂，哭得最透彻，想得最深切。

每个人心底都有那么一个人，已不是恋人，也成不了朋友。时间过去，无关乎喜不喜欢，总会很习惯地想起你，然后希望你一切都好。一生至少该有一次，为了某个人而忘记自己，不求结果，不求同行，不求曾经拥有，甚至不求你爱我，只求在我最美的年华里，遇到你。

我也以为我会一直顺着你，喜欢你喜欢的，讨厌你讨厌的，在你的每个决定背后支持得毫无道理；我也以为我会一直相信你，记得你的善良伟大，忘记那些伤害和争吵，为每一个无心之过找千百个借口……可后来，那个无原则、没底线，不管不顾爱的时代还是过去了。爱情里的人都有病——以为失去了自己就能无限接近那个人。

| 喃喃细语 | 所谓爱情，往往就在转身的一瞬间才忽而发现，爱，就是因为回头多看的那一眼。而我和你之间，也许就差了谁的一个回头。

如果雨之后　　　　　　　还是　　雨，
如果忧伤之后　　　　　　仍是　忧伤，
请　让我　从容面对这别离之后的别离。
微笑地　　　　继续去　　　　寻找，
一个　　不可能再出现的　　　　你。

……

……

如果有一天，你的生活中没有了我，请记住我对你的好；如果有一天，你的记忆中没有了我，不要忘记我们相遇的每分每秒。感情的世界里没有公平两个字，我不会去计较。我们在一起的日子，会是我今生最美丽的回忆。

这个世上有一些人一辈子可以过得分外精彩，乐此不疲地投身于一段又一段未知的恋爱中去，不管结局是好是坏，他们每一次都好像用尽力气去爱对方，就算最后伤得再重，也能很快地恢复过来，朝过去潇洒地挥挥手说再见。

不是所有分开都是因为不爱，也不是所有在一起都是因为相爱。好的爱情并不以是否在一起作为衡量标准。即便分开，倘若某一天某一个时刻，不经意间看到彼此曾经的照片、曾经的留言，你能发自内心地微笑，那一定是对过往爱情最好的祭奠。真心爱过一个人，无论是否在一起，只希望他好。

上天安排我们与某些人相遇，是有原因的；上天若又安排他们离开我们，那是因为有更好的原因。请珍惜每一刻相处的时光，因为我们不知道哪一次的再见，会变成再也不见。恋人和亲朋一样，都只有一次的缘分，无论这辈子能相处多久，都请好好珍惜。下辈子，无论爱与不爱、喜欢与不喜欢，都不会再见。

……

……

……

多少浅浅淡淡的　　转身，
是旁人看不懂的　　情深。

你不必觉得亏欠，以后谁在你身边就对谁好一点

日期

天气

心情

地点

我恨你这个不入戏的对手，明明我们能演一出好戏，有一个美好的结局，但你却偏偏要逼我精神分裂、满怀阴暗，人物性格复杂到值得捧回一尊奥斯卡奖杯。所以，分手后，我虽然认识你，但不想再见你；你过得好，我不会祝福你，你过得不好，我不会嘲笑你。你的世界不再有我，我的世界也不再有你。我不能再珍惜你，抱歉，我失去的，也是你失去的。

可能我只是你生命里的一个过客，但你不会遇见第二个我。我们在同一个时区，却有一辈子的时差。我也曾满腔热血地陪在你身边，只是后来再没有那种执着和必要。阴雨路过艳阳，我路过泥泞，路过风，也路过了你。

我相信你在动情时所说的话都是真的，许下的承诺也是真的，一腔热血也是真的。至于谁辜负了谁，都是后来的事情，谁又能提前预支呢？不能因为结局不完美，就否定了所有开始。毕竟人生中有太多美好的事情是没有后来的。

青春总需要一些疼痛让我们刻骨铭心，总需要一些伤疤证明我们曾经年少过。日子，就这样在这些琐碎的清欢淡暖中缓缓流淌。一些缘分，早已不知去向；一些过客，也早已去了遥远的天涯；一些故事，总会成为流年里的雅韵；一些错过，终会沉淀成岁月里的一抹风景。

| 喃喃细语 | 我永远记得，那种喜欢到不行了的感觉。

别和我说　　　对不起，
对不起只能换来你的安心，
而　　非　　　我的释然。

许久不联系的人，不用再联系。各自辛苦，各自生活，也再无交集，该停留在过去的，就让它停留在过去。如果有缘，会再见。若无缘，不如不见。有时候，你必须要明白，有的人能留在你的心里，但不能留在你的生活里。直到那个人走远，你才知道，他的心是你去过最远的地方。

遇见通往结束，如果你思念一个人，始终放不下这颗心，赶紧见一面，这样许多东西都可以重新确认。那么，当你放弃的时候才会心甘情愿。最痛苦的一种再见是从未说出口，但心里却清楚，一切都已结束。有时候，你要做的就是，昂起自己的头颅，不让眼泪掉下来，然后潇洒地说一声：再见。

人生，没有永远的爱情。没有结局的感情总要结束，不能拥有的人总会忘记。慢慢地，你不会再流泪；慢慢地，一切都过去了……适当的放弃，是人生优雅的转身。你要记住，没有不可治愈的伤痛，没有不能结束的沉沦，所有失去的东西，会以另一种方式归来。

不要　　　　　道歉，
因为一旦说了对不起，
就代表一定有所亏欠。

……

我站在你左侧，像隔着银河

日期

天气

心情

地点

如果我不理你，你是不是就不会主动来找我。或者，我们就一直沉默，直到你去了别人身边。距离大概就是指：你知道我没睡，我也知道你没睡，我们看着彼此更新的消息，却不能说上一句话。原来，若是有缘，时间空间都不是距离；若是无缘，终日相聚也无法会意。

那些年，我们每个星期换一次位置。于是，轰轰烈烈搬桌子，挪书本，计算着与心上人的距离。那些年，上课时总会偷偷望向喜欢的那个人。时光过去，过不去的是美好的记忆。

时间在变，人也在变，生命是一场无法回放的绝版电影，我们一路向前，一路失散。有些事，不管你如何努力，回不去就是回不去了。就算真的回去了，你也会发现一切已经面目全非。唯一能回去的，只是存于心底的记忆。世界上最遥远的距离，不是爱，不是恨，而是原本亲密无间的人变得疏离，成为最熟悉的陌生人。

一直以为我们只有一转身的距离，可这次，我转身却抓不住你的手。爱情，是一种距离，比宇宙年漫长，比光年遥远。我忘不掉你，可是，我不会再见你。在很多时候，客气不是用来表达修养和礼貌的，是用来制造距离的。

没有　　　　在一起的人，　　　　　　　　就是不对的人，
对的人，　　　　　　　　　　　　　你是　不会　　失去他的。

……

……

……

……

……

关于距离，最让人怕的，就是不确定对方是惦记你，还是把你给忘记。有一天你会明白，你需要的不是轰轰烈烈的爱情，只是想要一个不会离开你的人。冷的时候他会给你一件外套，胃疼时会给你一杯热水，难过时他会给你一个拥抱，就这么一直陪在你身边。不是整天说有多爱，而是不离不弃。

无论你怎么与他人控制距离，你依然会失去控制，因为这个世界上总有人能让你乖乖地交心和伤心。你和他终究还是陌生了，不联系，不再见。那时的曾经，最多也只能是曾经；那时的喜欢，最多也只是不知为何的一厢情愿。原来，相距得太远，离得太久，这都不是距离，陌生的心才是最远的距离。

三样东西最考验爱情：距离、时间、亲情。有多少感情，因为距离的拉长，慢慢变淡；有多少感情，因为时间的推移，慢慢遗忘；有多少感情，因为亲情的干预，慢慢消失。是你的，就是你的。越是紧握，越容易失去。我们努力了，珍惜了，问心无愧。其他的，交给命运。

我　假装　　　　无所谓，

却发现你是　　真的不在乎。

feeling

谢谢你的微笑，
曾慌乱过我的年华

日期

天气

心情

地点

当我再次形容你，所有的“你”字都只能用“他”来代替，这大概就是你最终淡出我生活的痕迹。想起了他，梦里的他，远方的他，只能是她的他，再没机会当面告诉他，我曾经有一箩筐的话准备跟他说。以前害怕似是而非，面面相觑多尴尬。后来才知道，很多人此生都不再有面面相觑的机会。

如果，有醒不了的梦，我一定去做；如果，有走不完的路，我一定去走；如果，有变不了的爱，我一定去求。如果还有无数个轮回，即使知道每个轮回的结果注定是悲剧，我也不会后悔，无论再有几次相遇，我还是会选择义无反顾。

你以为不可失去的人，原来并非不可失去，你流干了眼泪，自有另一个人逗你欢笑。别指望所有的人都能懂你，痛过，才知道如何保护自己；哭过，才知道心痛是什么感觉；傻过，才知道适时的坚持与放弃；爱过，才知道自己其实很脆弱。愿你既能拥有牵起一个人的手的勇气，也能拥有和一个人挥手告别的勇气。

感情是个奇妙的东西，像是一个甜蜜的陷阱，似乎永远威力无比，总能让人明知道它危险却还是沉沦，它又像个沼泽，多停留一秒便会陷得更深。爱过、伤过、痛过、哭过、恨过，哪怕这种执着到最后换来的是满身的伤痛，那又怎么样，爱过了，就无法放弃。愿你能被人珍惜，也愿你能珍惜“被人珍惜”的这种幸运。

| 喃喃细语 |　像所有传闻里陈词滥调的故事：你离开了，我才如此想念。

我 爱 你，爱了整整一个曾经，
从无知 到 成熟，从冲动 到 沉静。
感谢你，曾赠我 一场空欢喜。

我已失去光明正大留言的勇气，不知道该说什么。我们就这样在拥挤的人群中失去了彼此。感谢你，赠我一场空欢喜，我们有过美好的回忆，已经让泪水染得模糊不清了。即便将来偶尔想起，记忆犹新，就像当初我爱你，没有什么目的，只是爱你。

疯过、傻过、执着过、坚持过、爱过，可到最后还是一个人过。这才知道，不是我的，当初我就不该要。我觉得我不是喜欢你，而是习惯有你，我觉得我不是失去了你，而是失去了最好的青春。没在一起，也挺好的，如果一早就在一起，或许我们也就不是我们了。谢谢遗憾，成全我们。

以后我可能会喜欢上另外一个人，就像当初我喜欢上你一样，或许除了你我再也遇不到能让我感受得到心跳的人，到最后只能把你埋在心里。当青春逝去的时候，很多东西都会面目全非，也许你会是我心中最大的遗憾，但我始终感谢你来过我的青春。

有时候拉黑一个人，不是因为讨厌他，

而是怕自己　　忍不住　　联系他。

你出现的意义
是什么，
直到你消失的那天
我都没弄懂

日期

天气

心情

地点

那条熟悉的街，那个你离去的方向，那段刻骨铭心的记忆，越逞强，越难忘。深深地爱过一场，你还要我怎样？听说你身边有新面孔，听说你不再寂寞，听说你提起我。我过得不错，忙碌中还有感动，尝试爱过几个人，面对爱也诚实许多。想着联络，不如心底远远问候。最美丽，莫过于听说你还回忆。

爱情中最伤感的时刻是后期的冷淡。一个曾经爱过你的人，忽然离你很远，咫尺之隔，却像是天涯。曾经轰轰烈烈，曾经千回百转，曾经沾沾自喜，曾经柔肠寸断。到了最后，最悲哀的分手竟然是悄无声息。

我确信一个人若足够喜欢你，他怎样也会来找你。我会这么想，一是因为还年轻，二是因为不想输。我仗着他喜欢我，自以为能一路高歌地赢下去，却不知道从哪个时候开始，我一点一点地，输掉了最重要的东西。多年后，再回想这样的迷茫，或许连执着的原因都记不得了，青春就是让你张扬地笑，也给你莫名的痛。

| 喃喃细语 | 要是有些事我没说，你别以为是忘了，我什么也没忘，只是有些事只适合收藏。不能说，也不能想，却又不能忘。

如果一个人，　在你心里，在你脑海里，在你梦里，在你眼里，
却不在　你身边，　那是怎样的　疼痛？

总有几分钟，其中的每一秒，你都愿意拿一年去换取；总有几次抽泣，其中的每一颗眼泪，你都愿意拿满手的承诺去替代；总有几段场景，其中的每幅画面，你都愿意拿全部的力量去铭记；总有几段话，其中的每个字眼，你都愿意拿每个夜晚去复习。亲爱的，如果一切可以重来，我想和你，永远在一起。不管一个人爱过多少人，不管这个人爱得多么痛苦或是快乐，最后他不是学会了怎样恋爱，而是学会了怎样去爱自己。我终于明白自己为什么舍不得离开你，是因为我宁愿爱你的缺点，也不愿去接受别人。在这段感情里，你我都没有错，只是我忘了，要先好好爱自己。

终止一条道路的最好方式，就是走完它；终止一份感情的最好方式，就是全身心地爱过，然后告别。你要相信，离开你的人并不是因为你有什么地方不好，他们的远走只为腾出你心里的位置，让更好的人住进来。你要感谢，曾在你如火如荼的生命中，有那么一个人，因为他的存在，而惊艳了你的年华。

年轻时，我们总害怕告别，不知道到了那一天会有多少遗憾与懊悔，又有多少眼泪。人生许多次告别，不过是毅然转身，换一段旅程。好好活过，就是最好的告别。你要相信，不管你曾经被伤害得有多深，总会有一个人的出现，让你原谅之前生活对你所有的刁难。

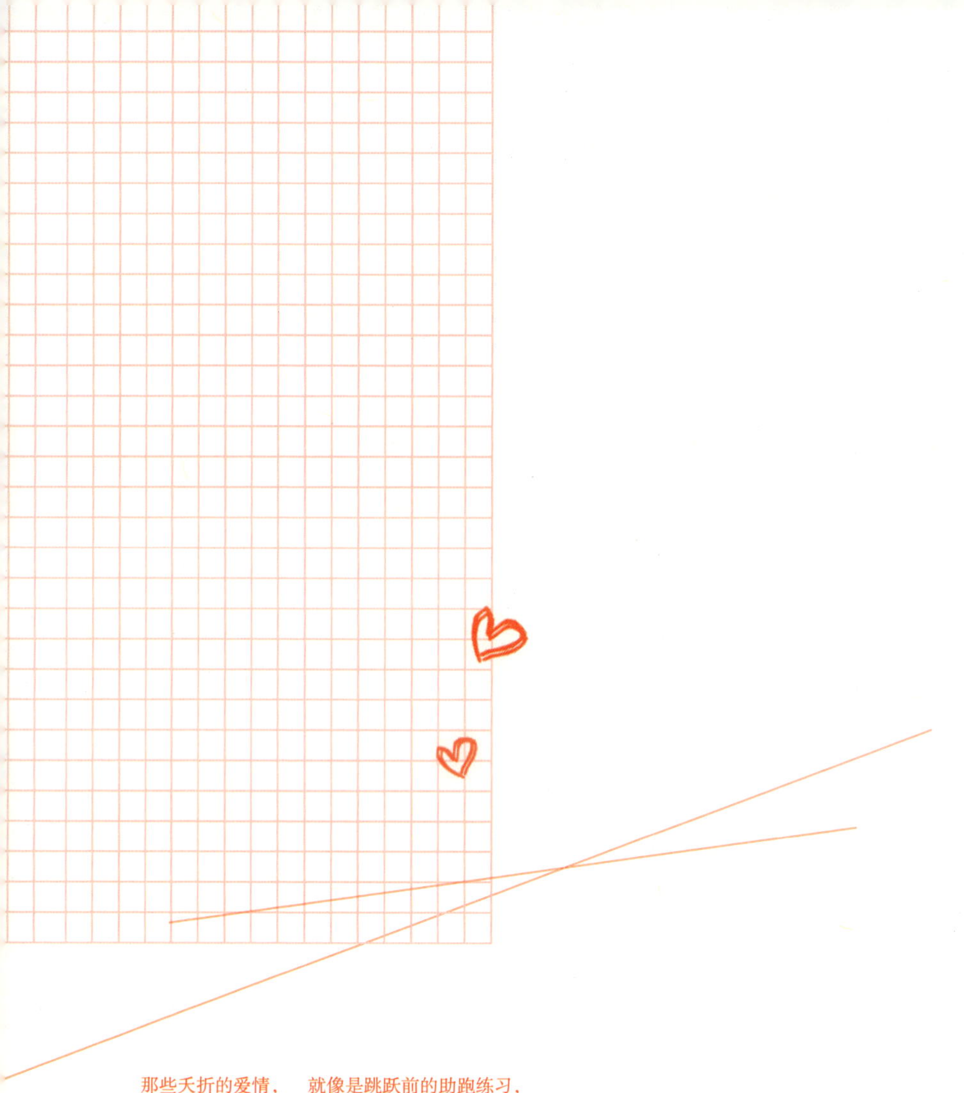

那些夭折的爱情， 就像是跳跃前的助跑练习，
都只是过程，在终点处，你终会 一跃而起。

让我以友情的名义，继续爱你

日期

天气

心情

地点

其实做好朋友挺好的，可进可退，永远处于不会被伤害的位置。如果只是友情的话，能好好做朋友就好好做朋友吧，不要太贪心了。毕竟爱情这种事太极端，要么一生，要么陌生。表白就是冒着以后连朋友都不能做的危险，去赌以后能正大光明拥抱你、深爱你的机会。这个赌的赌注太大，我不敢。

我听过每一首你爱的歌，看过每一部你喜欢的电影，悄悄翻过你的每一条状态，看过每一张照片，就连下面的评论也一条不落……为的就是看到你眼里那惊喜的光芒，哪怕只是说一句“你竟然知道”。那燃起的成就感仿佛能盖过所有的难过和无奈。我以友情的名义爱着你，美好又含悲伤，绝望又有希望。

我们不是恋人，但你对我很重要，你肯定知道，我说的是你。与其说我这是自欺欺人，还不如说我是选择了一种最笨的方式去喜欢你。有时候能想明白，但心里就是接受不了，是因为太多的无能为力太多的不愿割舍。其实，我也只是外表潇洒罢了。

因太珍惜一些人，而小心翼翼维持一段安全的距离。保住了淡如水长流，享受不到如蜜之亲密，牺牲了许多深度交流，为逃避火药而错过了火花。到哪里找那么好的人，配得上我明明白白的青春；到哪里找那么对的人，陪得起我千山万水的旅程。可正因为你那么好，我才害怕，害怕惊动了爱情。

| 喃喃细语 |　说好了不动情，我却动了心。我有一肚子的委屈，可是我还是不肯让别人说你一句。

多少人以友情的名义，　　　　　　　　　　爱着一个人。

多少人以友情的名义，　　　　　　　　　　拒绝一个人。

多少人不敢说出来，害怕说出来后连朋友都不可以做了。

……

……

……

原来，我们都曾经爱着对方，真实而深刻地爱着，却被那要命的自尊挡在门外，不敢跨出那一步，宁愿看着你牵起别人的手，也不愿意与你失去联系，却终于在最后才明白，原来你也这样地爱过我。如果当初我勇敢一点，结局会不会不一样？但没有人能回答，空气里也只剩下一句“事到如今”，便没了回音。

如果一个人很喜欢另一个人，那么就保持一个好朋友的距离，因为这样一辈子都不会失去。其实我们这样真的是最好的了，不会像普通朋友可能会陌生，不会像恋人可能会分手，我们相互那么了解、那么熟，熟得只能做朋友。只是我真的分不清，你是友情，还是我错过的爱情。

人越长大越会明白，世界上有种最好的东西，叫得不到。一开始你是我的秘密，我怕你知道，又怕你不知道，又怕你知道却装作不知道。我不说，你不说，又远又近。那现在，请让我以朋友的名义，继续爱你。

有的　　　人，
因为不想失去，
所以绝不染指。

……

writing

feeling

我若不喜欢你，

怎会和你做朋友？

我若喜欢你，

怎会仅仅与你做朋友？

……

……

你还在故事发生的那天，不肯走

有人教会你成长，　有人教会你爱，每个人都有一个一直守护自己的天使。

他们安静地出现在你的生命里，　陪你度过　一小段快乐的时光，

然后，　不动声色地　离开。

你的眉目笑靥，使我病了一场

日期

天气

心情

地点

七岁那年，抓住了那只蝉，以为能抓住夏天；十七岁那年，吻过你的脸，就以为和你能永远。匆匆而过的人，永远不会知道思念为何物。反正我曾深爱过你一场，你不爱我也没有关系，只是以后你也像我爱你一般深爱他人时，你就会知道，像我这样爱过，会有多伤心。

所谓失恋，并不只是失去一个恋人，而是你因这个恋人而写的诗，拍的照，想象出来的幸福，变成的那个更好的自己，一下子都失去了依据。就像你正在盖一座城堡，而那人离开时，把城堡底下的土地，一起带走。

我曾不计后果地爱过一个人，可是无疾而终；我曾长途跋涉去过一座城，可城里没有我要寻的人；我也曾认为，自己是一只孤独而勇敢的鹿，只要前行，就能遇见美好。然而，彼时花开的美丽，还在记忆的深处流连。那些微澜的心事，依然在掌心的脉络里蔓延，唯独看不到的是那个人曾许给我的明天。

或许年轻的爱就是如此，当心的距离渐行渐远，哪怕同处一个屋檐下也感觉远在天边；曾经的世界里彼此照耀，而后各奔东西不再依恋；千疮百孔的爱情在心里偃旗息鼓，只留下空荡荡的记忆，捉弄依然停留在原地的那个人。

| 喃喃细语 | 我不知道离别的滋味是这样凄凉，我不知道说声再见要这么坚强。

年纪　　　　　　　不小了，
该干吗　　　　　　干吗去，
别一头扎进你那　美丽的忧伤，
一边拼命往里钻，一边喊救命。
1
2
feeling

再想起你，你的名字，你的笑，你的一切，都只能加上一个“别人的”。再想起我们在一起的事，也只能加上一个“曾经的”。很多人，很多事，原本是熟悉的，以为明天可以再继续的，于是转过身放手，想的是明日又将重聚的希望。太阳落下去重新升起，那些事，不可能再经历；那些人，就从此与你永别了。

如果世界上曾经有那个人出现过，其他人都会变成将就。我不愿意将就。经过这么多年，我还是输给了你，一败涂地。只是我不明白，当初你跑得那么慢，我是怎么让你追上的？

爱情就像一本书，如果读得太深入，过分执着于每一个章节，你就会被它所伤。而如果读得太浅，你就会错过太多精彩的瞬间。对感情，喜欢就争取，得到就珍惜，错过就遗忘。

每个　　　　　不想恋爱的　人，

心里都装着一个　无法拥有的人。

feeling

如果过去还值得眷恋，别太快冰释前嫌

日期

天气

心情

地点

你认识我时，我不认识你；你喜欢我时，我认识你；你爱上我时，我喜欢你；你离开我时，我爱上你。我们有时候就像海里的鱼，想说的很多，一开口就化作一串省略号。爱情最折磨人的不是离别，而是感动的回忆让人很容易站在原地，还以为回得去。

如果说，我喜欢的人恰恰没那么喜欢我，我又恰恰非他不可。那么我就赌一把，我不赌他会喜欢我，我赌我不后悔。如果再见不能红着眼，是否还能红着脸；如果过去还值得眷恋，别太快冰释前嫌。

热情是一种很奇妙的东西。一开始你觉得它是海浪，惊涛骇浪之中你忘记了自己要去什么地方。但是到后来，你也变成了海浪，你闭上眼睛不敢相信原来自己也拥有这般不要命的速度和力量；你像所有海浪一样，宁静而热切地期待着在礁石上粉身碎骨的那一瞬间。

凭什么有的人可以那么轻易地释怀，一句简简单单的“分开吧”，就否定了这么久以来的陪伴，唯独留我一个人孤独地活在回忆里，跟自己较劲，怎么好好的一个人，说不爱就不爱了？

| 喃喃细语 | 细雨的温存，沿路的忧伤，幸福的过往。我想我不会告诉你，我依旧留在原地。

“过去”　　是一个值得去的好地方，
但绝对不是一个可以长久逗留的地方。

我们在十几岁的年纪穿越四季，穿越荒唐，穿越放学后夕阳笼罩的操场。在童言无忌的时光里，遭遇一场华丽而单薄的牵手。在往后的岁月里，我喜欢并习惯了对变化的东西保持着距离，这样才会知道什么是最不会被时间抛弃的准则。比如爱一个人，充满变数，于是我后退一步，静静地看着，直到看见真诚的感情。

爱情是条河，游过一次，便已是一生。我用了几乎一辈子的时光，来爱这个人。我花了很长很长的时间，才让这个人爱上我。可我却死在最美好的年纪，没能陪他走到最后。我多想，下一秒被老师的粉笔砸中，惊醒在高中课堂上，回到自己的年少时光。

与爱共沉沦，无可救药地爱着一个人，那么固执自虐而且糜烂的自己或许是美丽的；可惜，人总有从茫然中醒过来的一天，然后才发现，这样的糜烂与堕落徒然虚度了青春，除了痛苦，一无所得。时间是毒药，也是解药。因为时间可以让我们无可救药地爱上一个人，同样的，失恋以后谁都没有过不去的坎，终究还是时间问题。

feeling

……

……

……

……

……

……

什么叫　多余？
多余　　就是，
夏天的　棉袄，
冬天的　蒲扇，
还有等我心凉
以后你的殷勤。

躲得了
对酒当歌的夜，
躲不了
四下无人的街

日期

天气

心情

地点

很久很久以前，我就想着，假如我有一个心上人，我要把我的愉悦和快乐全部弹给他听，把我的悲伤和难过全部哭给他听。我的心上人，此时，就在我眼前，可我什么都不能对他诉说。我觉得之所以说相见不如怀念，是因为相见只能让人在现实面前无奈地哀悼伤痛，而怀念却可以把已经注定的谎言变成童话。

当喜欢你的人掏心掏肺对你好的时候，你最好赶紧、立刻、马上做出选择并且明确态度，是“YES”还是“NO”。不要等别人彻底死了心，你又转身求机会。机会，是留给懂得珍惜的人的。也许我们这一代真的很矫情，一不留神，自尊心就受伤。我们比电脑复杂多了，不光有脑，还有自尊心，也许谁都不是故意的，但我们还是会受伤，伤了会很痛。

告别时都爱强装洒脱，告别后都在强忍想念，躲得了对酒当歌的夜，躲不了四下无人的街。热恋时我们都是段子手，嬉笑怒骂互相吐槽；失恋时我们都是变得矫情的人，被回忆戳得浑身疼。失恋有一千万种，每个人都在等。等的不是谁的回头，而是自己与回忆和解的那天。

| 喃喃细语 | 我遇见那么多人，可为什么偏偏是你，看起来最应该是过客的你，却在我心里占据这么重要的位置？

……

……

……

在每个人的内心深处，　　　　　都藏着　　　　一个人，
每每想起　都会心痛，但我们依然愿意将他藏在心里，
那个　　　　　　　　　　　　　深处的　　　　　地方。

眨眼的工夫，还相信天长地久的那个年龄，已经在不知不觉中过去了。只是不曾预料，会这么怀念那段被自己狠狠浪费过的时光。原来，自己最怀念的，不是哪个人，而是那份为爱不顾一切的勇气。

即使不见面，不说话，不发信息，心里总会留一个位置，安安稳稳地放着一个人。每次身边发生点什么事情，总想着第一时间去告诉他，可是当编辑好消息内容后，我还是一字一句地删掉，然后放下手机做我该做的事，因为我知道在他心里，我的分量还是不够。

伤口就是，你以为它愈合了，阴天时还是会疼，提醒你受过伤。有些伤口，一直会在。看似没心没肺的人其实挺容易感伤，都压在很深的地方。碰到一点阳光，碰到一点相似的情节，碰到一点熟悉的背影甚至碰到一点眉眼，就会不知所措地惊慌逃亡。

世界上最残忍的事，就是翻着我热恋时的聊天记录再对比现在的冷言冷语，笑了哭哭了笑，又只能藏在心里不能释放。爱的方式有很多种，不一定拥有才是幸福，有些爱，只适合深深地藏在心里，说出来就是错，有些人只适合远远地看着，走近了，就会失去。

每个人的　　　　　　　心里，
都会有那么一个你永远不会提，
也永远　　　　　　不会忘的人。

……

……

……

……

你以为时间是最好的偏方，原来治好的只是皮外伤

日期

天气

心情

地点

有人说，时间是治疗一切暗伤的良药。于是你把一切都交给了时间。你不再流泪，你会找一些事打发时间，你知道明天该做什么……慢慢地，你的生活正常了，就好像一切都过去了一样。可是，当暗夜来袭，当熟悉的场景重现，你才意识到一切都是假象。你以为时间是最好的偏方，原来治好的只是皮外伤。

他总是天真地以为，他把你看得很透彻。其实，你把快乐挂在脸上，把伤痛藏在心里，你的表情可以表达千种心情，但那最伤最痛的部分，不是他轻易就能看得到的。他说的无心的一句话，做的不经意的一件事，或许都戳到了你最伤痛的地方。爱情是需要细心呵护的，不要因为你爱他，就可以纵容他随意进出你的心房。

这种伤你受过一次，再来一次你怕受不起。跟后来的人没关系，是你体质不好。有的人是越败越战，越战越勇，你不行，你属玻璃的，只能碎一次。你要知道，离开的不会再回来，回来的不再完美。没有谁对不起谁，只有谁不懂得珍惜谁。

| 喃喃细语 |　听过最好听的歌，是你当时把耳机塞进我耳朵里时正在播放的那半首。

爱情扶我上路，然后走开， 让我一生怀念，
怀念那一扶的长久， 和一生的短暂。

……

……

……

曾以为，世界上突然会熄灭的东西，除了暗夜灯火、迷途中的希冀，还有自己对他的喜欢。可后来才发现，这一切只是你的自以为是。原以为，自己可以装得很洒脱，洒脱到一转身就可以忘得云淡风轻。可是错了。原来人受了伤，都是高估了自己，也低估了别人。

别等伤了再去安慰，忽冷忽热谁受得起；别等离开了才知道珍惜，这世界无法制造后悔药；别等心碎了再拿歉意拼凑，碎了的心无法重新愈合；别等人都不在了才知道对方的好，有个令人尴尬的词，叫做“为时已晚”。伤心最大的建设性，在于明白那颗心还在老地方。

那些你因为嘴硬而错过的爱人，就像下决心减肥时不吃的晚饭，会让你在夜深人静时难过得一发不可收拾。可是，当你第二天起床，发现腰又细了你就知道，饭不吃是对的，而爱人——能因为这样就错过的爱人，早晚都会走的，人生能有多惨呢，就决绝一点啦，能怎么样？

所谓成熟，是你出远门总会自己带伞，很少再把自己淋湿；是你能控制自己的眼泪，很少再把自己感动哭；这个世界很冷漠，学会善待自己，照顾好自己，没人会怜悯你的软弱，谁都不是你的寄托。没有人一定会在雨夜接你，没有人一定会读懂你的心。你一路跌跌撞撞，落下一身伤，就当是为了青春落下的残妆。

没有　　不会谢的花，
没有　　不会暗的光，
没有　　不会好的伤，
没有不会停下来的绝望。

错过，我们都有过错

日期

天气

心情

地点

那些曾在指尖轻柔停歇过的微风，和染得色彩斑驳的棉花糖，还有粘在猫咪尾巴上的青草色透明水果糖，都是年少时曾经历的风景，还有你喜欢过的那个人，在旧时光里以安静默立的姿势，站成不朽的永恒。而我现在唯一能做的，是期待着有一天，也许我们还能再见面。

世界太大，还能遇见你；世界太小，还能失去你。人就像个陀螺，擦肩而过的人越多，转得越洒脱。就怕之后，无法控制旋转的惯性，遇见了谁，又是习惯性的错过。错过，每一个人都有过错。

是你走得太快，还是我跟不上你的脚步？我们错过了诺亚方舟，错过了泰坦尼克号，错过了一切惊险与不惊险，我们还要继续错过吗？

等不起的人就不要等了，你的痴情感动不了一个不爱你的人。伤害你的不是对方的绝情，而是你心存幻想的坚持。同一个人，是没法给你相同的痛苦的。当他重复地伤害你，那个伤口已经习惯了，感觉已经麻木了。无论再给他伤害多少次，也远远不如第一次受的伤那么痛了。

| 喃喃细语 | 我还记得，我向别人炫耀过你。

……

……

……

离开一个地方，　风景　就不再属于你；
错过一个人，　　那人　便再与你无关。

有些人一直没有机会见，等有机会见了，却又犹豫了，相见不如不见。有些事一直没有机会做，等有机会了，却不想再做了。有些话埋藏在心中好久，没机会说，等有机会说的时候，却说不出口了。有些爱一直没有机会爱，等有机会了，已经不爱了。

在黑暗中生起了火，好温暖，好开心，那火光千变万化，令人迷醉。恋爱的开始，也是这样啊，整个世界的寂寞都退散，为我们的火光空出了位置。恋爱的考验，不是怎么生起那堆火，而是怎么能一直找得到薪柴，维持那堆火燃着，度过接下来的漫漫长夜。

两个人在一起多久并不重要，重要的是你有没有在这个人心里待过。有些人哪怕在一起一天，却在心里待了一辈子；有些人即使在一起一辈子，却没有在心里待过一天。爱情很难，时间早一步、晚一步，你的步伐快一步、我的步伐慢一步，在人生某个路口，在某句话、某个情绪的影响下，我们也许就此错过，一辈子。

越来越任性，　是因为　爱得太深；
越来越沉默，　是因为　伤得太痛；
越来越礼貌，　是因为　失望透顶。

我对你仍有爱意，我对自己无能为力

日期

天气

心情

地点

风说你是一片云，飘在我的梦里；云说你是一滴雨，落在我的心里；雨说你是一条河，蔓延我所有记忆；我说你只是一缕春的气息，却覆盖了我的四季。思念是种最难掩藏的秘密，再寒冷的季节，它都会在心里融化，然后周身流淌，然后时刻激荡，然后从唇齿眼眸散发出来，萦成永不折断的牵挂。

或美丽，或爱上，或繁盛，或凋零，不是还想等着你，不是不想忘记。只是还没有找到一个和你一样的，让我念念不忘的人，来代替你。爱的起源有两种：要么我愿意，要么试试看；爱的结束有两种：要么没办法，要么不合适。排列组合下来，最解脱的是：试试看，结果不合适。最难过的是：我愿意，然而没办法。

你不知道我对你余情未了，不知道我会用陌生号码给你电话然后不出声，不知道我还是很喜欢你尽管你不属于我，不知道你对我说的每一句话我都深信不疑，不知道现在我很想你。

我从来都无法得知，人们是究竟为什么会爱上另一个人。我猜也许我们心上都有一个缺口，呼呼往灵魂里灌着寒风，我们急切需要一个正好形状的心来填上它，就算有的人是太阳一样完美的正圆形。可是我心里的缺口，或许恰恰是个歪歪扭扭的锯齿形，除了你，别人都填不了。

| 喃喃细语 | 喜欢你，很久了；等你，也很久了。现在，我要离开，比很久很久还要久……

他不知道某些时刻，你有多么难过；他不知道，没有回应的等待会有多累人；他不知道，你是鼓起了多大的勇气才敢念念不忘。又或者，他不是不知道，只是假装不知道。你那么傻，所有的炽烈最终都被他耗尽了。

你故意赌气关掉手机，忍不住打开后，发现什么也没有。你自作多情地以为自己在他心里有多重要，到最后才发现自己原来是个笑话。别再傻了，人家不在乎你。有些事，你把它藏在心里也许更好，等时间长了，回过头去看它，也就变成了故事。

在疼爱你的人面前，你永远都只是个孩子，在不爱你的人面前，你永远是条汉子。你说要敬往事一杯酒，再爱也不回头，实际就算你醉到黄昏独自愁，如果那人伸出手，你还是会跟他走。明知道看不见一丝希望，还强迫着自己去坚持守候，不是因为得到了任何承诺，只是因为你对他仍有爱意，你对自己无能为力。

有些心事不想让别人看见，
就藏起来。　　藏得太久，
后来自己　也　找不到了。
他是走掉的，你是走丢的。

爱情里的所谓的期限，　很多都是用来　　　延迟的。
可为什么还要有期限？　因为我担心　　　我做不到。

能为你做的最后一件事，竟是走出你的人生

日期

天气

心情

地点

深爱过的一个人，听到他说过的话，走到曾走过的街，看到像他的身影，听到他喜欢的歌，听闻他的消息或关于他的事情，哪怕是看到他名字里的一个字儿，心里都会咯噔一下。事实上我还对你有感觉，不管我多么努力，心里的某部分还是不愿意放手。

有些话，说与不说，都是伤害；有些人，留与不留，都会离开。当你又一次联系我，我终于不再兴奋紧张，我终于学会对你爱答不理，我终于不再像以前那么没出息，你勾勾小手我就屁颠屁颠地跑过去，那种见到你就想笑的感觉，一种我们觉得会永远的感觉，竟然不见了，我明白，你终于从我心里搬了出去。

当你试图忘记一个人时，其实你心里已经想他好几百次了，既然忘不掉，不如在心里放好，年轻时为谁难过了，好像才能证明自己青春过。时间终会将这段感情磨平，或许你今后不会再喜欢像他这样的人了，但会记得自己曾经喜欢他的感觉，很痛，但还好他出现了，让你明白，没有一个人非要有另一个人的陪伴才能过一生。

这世界说不出口的话太多，比如“你能不能陪我去”“你能不能留下来”，到最后哽咽说出口的却是“没关系，我可以的”“你忙你的吧，我一个人很好呢”。后来，有人失望地走了，有人坦然地离开了。愿你早日学会释然，因为在爱情里只有一个人会负责保存彼此的记忆，记得彼此多么深爱着对方，而另一个人，会毫不眷恋地往前走。

| 喃喃细语 | 我是有多不好啊，掏心掏肺，却还抵不上她的一个微笑？

永远不要用 离开 去威胁别人，
因为你会发现原来你真的没那么重要。

……

……

……

如果你真的非常喜欢过一个人，就会知道，要真心祝福他跟别人永远幸福快乐，根本是不可能的事。但是你要学会忍受失落，你要学会做一个不动声色的大人。不准情绪化，不准偷偷想念，不准回头看，去过自己的生活。你要听话，不是所有的鱼都会生活在同一片海里。

你的一生会遇见很多人。有人爱你，有人忌妒你；有人把你当作宝，有人不把你当回事。你痛了，你累了，你失落了，你错过了，这些统统与别人无关，你的未来，统统要你自己负责。有的爱情，活在相片里；有的爱情，活在心里。但最能让人踏实幸福的爱情，还是要那个人，活在你的身边。

终有一天，我可以再对你微笑；终有一天，我可以说你好；终有一天，无论谁，在哪里，再提及你的消息，我都可以笑笑，心里没有一点涟漪；终有一天，我不会再恨你，不会追问分手的理由，也不去恳求复合的可能；终有一天，我将会忘记你，开始下一段爱情。

旧的风， 旧的树， 旧的路，

只是唯独， 没有旧的你。

《烦忧》

说是寂寞的秋的清愁，

说是辽远的海的相思。

假如有人问我的烦忧，

我不敢说出你的名字。

我不敢说出你的名字，

假如有人问我的烦忧：

说是辽远的海的相思，

说是寂寞的秋的清愁。

reading

Part

Six

后来，
我喜欢的每个人都像你

哪一段青春不荒唐？哪一场爱情不受伤？　好在，还有后来。

后来，我喜欢的每个人，　都像你。

即便他们都比你好，可你离开时，带走了我奋不顾身的勇气。

有些感情
是一场天花，
得过之后，
终身免疫

日期

天气

心情

地点

曾经在茫茫人海中爱上的人，后来的后来，只是不再相见的某人。后来的后来，我学着自救，学会一个人亦步亦趋，学会看淡我们的渐行渐远。我决定不找你了，免得你又笑话我离不开你。我也不会再想你，只是偶尔会想起当初那个奋不顾身的自己。

在一段短暂的时光里，我们曾经以为自己将会与一个人长相厮守，后来，我们才知道，长相厮守是一个多么遥远不可及的幻想。但我依然相信，这世界上，有些人、有些事、有些爱，在见到的第一次，就注定要羁绊一生，就注定像一棵树一样，生长在心里，生生世世。

原来爱情就是那些曾经的时光，只是最终输给了现实。以前总想如果有一天我结婚了你一定要来，因为我们总算一起踏上了红地毯；后来又想来参加我的婚礼吧，来抢婚吧，我一定跟你走；最后又想你还是别来了，因为我怕在婚礼上看见你，你什么都没做，我却想跟你走。

我折过巴陵的桃花，吹过龙门的风沙，攀过昆仑的雪峰，看过浩气盟的彩虹，走过恶人谷的三生路；我也见过凌烟阁顶上的落日，水云坊畔的歌舞，论剑峰上的积雪，三生树下的月色，这些都是很美很美的，可惜都没有你在身边。

| 喃喃细语 | 我见过千千万万的人，有像你的发，有像你的眼，却都不是你的脸。

你说：“我不会随便离开你的。”

后　　　　　　　　　来，

果然　　　　按照约定的那样，

你很认真地　　　　　离开了。

……　　……　　……

……　　……　　……

……　　……　　……

……　　……　　……

……　　……　　……

你想吃苹果，他买不到，于是用果汁代替，喝完你很感动，以为这就是爱情，可后来对方抛弃了你，才发现自己想要的还是苹果。很多人以为有了感动就是爱，别人给你一些关心就有所谓的安全感，但爱不是同情，更不是惯性依赖。别以为爱可以将就而轻易勉强自己，别让错误的人浪费了最好的你。

后来才慢慢知道，一切该发生的就是会发生，一切会错过的就是会错过。没有“如果当初……会怎样”的假设。原来，爱一个人，就是接受他的全部，甚至包括他的离开。曾经以为，浪漫是能够奋不顾身去爱你，后来才知道，浪漫是能够放手给你自由，却默默把你留在心底。有些感情是一场天花，得过之后，终身免疫。

我从来没把那些过往忘记，而是将它们埋葬在窗外的月光里，夜色上浮，它们便会争先恐后地蜂拥而至。于是我学会了等待，等一个愿意走进我的生命、分享我的喜怒哀乐的人，一个懂得我曾经无尽的等待而更加珍惜我的人，一个知道我不完美却依然喜欢我，甚至连我的不完美也一并欣赏的人。

feeling

你永远不知道，
我因为你哭得失控的那种想你的感觉，
有多强烈。

在所有人事已非的景色里，我最喜欢你

日期

天气

心情

地点

总有一些时光，要在过去后，才会发现它已深深刻在记忆中。多年后，某个晚上的灯下，蓦然想起，会静静微笑。那些人，已在时光的河流中乘舟而去，消失了踪迹，心中，却流淌着跨越了时光河的温暖，永不消逝。

我知道以后我们还会经历好多事情，遇见好多人，看着身边的事物一点点改变。但我只想告诉你，在所有人事已非的景色里，我最喜欢你。我用第一人称，将过往的爱与恨，抄写在我们的剧本里；我用第二人称，在剧中痛哭失声，与最爱的人道离别；我用第三人称，描述来不及温存、就已经转身的青春。

最难过的是遇见了，得到了，又匆忙地失去，然后在心底留了一道疤，它让你什么时候疼，你就什么时候疼。人啊，就是没什么想要有什么，有什么不珍惜什么，失去什么才明白什么，明白什么也挽回不了什么了。

有时，别离只是一转身的事，昨日还十指相扣，今天已物是人非。有很多人，你原以为可以忘记，其实没有。他们一直在你心底的一个角落，直到你的生命走到尽头。虽然他们组成了你的记忆与感情。但是你已经不能拥抱他们。只能在最后才明白，路途是一个念念不忘的失去的过程。
在所有不被喜欢的快乐里，我最喜欢你；在所有人

| 喃喃细语 | 千山万水，沿路风景有多美，也比不上，在你身边徘徊。

事已非的景色里，我最喜欢你。我怀念过去的你，怀念我留在单车上的十七岁，怀念曾经因你的一阵微笑而激荡起来的风，夹着悲欢和一去不再回来的昨天，浩浩荡荡地穿越我单薄的青春，明亮、伤感，永无止境。

喜欢一首歌，很多时候不是因为喜欢，只是借一种方式去怀念一个人。当时间偷走初衷，留下的只是苦衷。于是我总是呆在一段时光里，怀念另一段时光。我们这一生，注定有很多偶遇，偶遇一件事，偶遇某个人，让我们的生活多了许多曲折。不管怎样，总有那么几件事，让你念念不忘，总有那么一个人，让你徒生叹惜。

有些人出现了，又走了。然后一切回归原点，只多了一份沉甸甸的回忆。时光打磨，没有让它暗淡。那些出现在年华里的人，不论属于爱情还是友情，都同样刻骨铭心。因为他们教会你勇敢，教会你坚强，教会你等他们全部离开时，你可以一个人向前走，不害怕，不迷茫。

每一个　　人，
碰见所爱的人，
都　心有余悸。

“爱一个人　　　　　　　　到底什么感觉？”
“好像突然有了软肋，也突然有了铠甲。”

如果时光可以倒流，我还是会选择认识你

日期

天气

心情

地点

如果时光可以倒流，我还是会选择认识你，虽然会伤痕累累，但是心中温暖的记忆是谁都无法给予的，谢谢你来过我的世界。总以为，爱情是一场注定的偶遇。没有早一步，没有晚一步，在无垠的时间之道上，我们迎面而遇。只是一个眼神，就知道是你。不管过去，从此经历繁华或荒芜。

我看着你微笑、沉默、得意、失落，于是我跟着你开心，也跟着你难过。只是我一直站在现在，而你却永远停留在过去。也许，我喜欢怀念你多于看见你，喜欢想象你多于得到你。

恋人之间的关系，就像织毛衣。织的时候，一针一线，小心翼翼，拆的时候，只需轻轻一拉，千丝万缕都成过去。是满怀爱意的拥抱，还是满怀恨意的转身，这是一道爱与不爱的选择题。很多人因为寂寞而错爱了一个人，更多人因为错爱了一个人而寂寞一生。

当你想念一个人的时候，尽情去想念吧，也许有一天，你再也不会如此想念他了。到了那一天，你会想念曾经那么想念一个人的滋味；当你爱一个人的时候，尽情去爱吧，也许有一天，当你受过伤害、承受过失望之后，你就再也不会那么炽烈地去爱一个人了。

| 喃喃细语 | 就算时光倒流，就算生命再一次重演，就算我们再一次相遇，我选择的仍是这条同样的道路，就算结局我已知道。

这次我　　离开你，
是风，是雨，是夜晚；
你　　　　笑了笑，
我摆一摆　　　手，
一条　　寂寞的路，
便　　展向　两头了。

……　　　……

……　　　……

……　　　……

假如没有遇上你，也就没有以后漫长的思念折磨，我也许过着如从前一样的生活，然而，要是没有这样的一份遇见，我不会知道，有一种情感，痛着流泪，笑着想念，却依然令人如痴如醉。我不想再去看那个伤口，我知道它有一天会结疤的，疤痕不褪，可它不会再痛。若非青春苦短，谁会想来日方长。

人生也像坐火车一样，过去的景色那样美，让你流连不舍，可是你总是需要前进，你告诉自己，我以后一定还会再来看，可其实，往往你再也不会回去。退后的风景，邂逅的人，终究是渐行渐远。很多事，过去了；很多人，离开了；经历得多了，心就坚强了，路就踏实了。

或许，最美的事不是留住时光，而是留住记忆，如最初相识的感觉一样，哪怕一个不经意的笑容，便是我们最怀念的故事。但愿，时光，如初见。生命是应该用来体验和发现的，它给予我们的各种安排，必定有它的意图和苦心。曾经的人和事都已过去，但请你不要忘记，某些时日里再次遇到，记得说一声别来无恙。

没人愿意　　活在过去，
只是没有人能把你带出来，
而你一个人　又走不出来。

毕竟是我爱的人，我能怪你什么

日期

天气

心情

地点

每个人都有一个死角，自己走不出来，别人也闯不进去。我把最深的秘密放在那里，你不懂我，我不怪你；每个人都有一场爱恋，用心、用力，感动也感伤。我把最炙热的感情藏在那里，你不懂我，我不怪你；每个人都有一段告白，忐忑、不安，却饱含真心和勇气。我把最抒情的语言用在那里，你不懂我，我不怪你。

我曾天真地以为，只要用真心对待别人，就可以得到真正的友情，真正的爱情。后来，认识了一些人，经历了一些事，才知道这一切都只是我以为的。就好比说，我永远都不知道自己有多喜欢一个人，直到我看见他和别的人在一起。

以前总是想留住身边的每一个人，后来发现，不管是从小玩到大的伙伴，还是新认识的朋友，其实你都不必强求。愿意在你最不堪时陪着你的，愿意和你一起挺过难关的，愿意泼冷水让你清醒的，你赶都赶不走，而那些天长地久说说而已的，你也根本不必留。愿意比什么都重要，也比什么都来得长久。

你写了成百上千条微博、朋友圈或日志，有些是写给专门的人看的。但往往这个人看不到，不会看，也不想看。直到有一天，另一个不相关的人对你说：你写的所有东西我都看完了，好心疼你呀。你看，真正在乎你的人读的不是你的某条心情，他们想读的，是你的整个曾经。

| 喃喃细语 | 他即使有千般不好，万般辜负，毕竟是我爱过的人。

让我做个　宁静的　　美梦吧，
就好像　你　　　从没离开我，
那条　　　　　　很短很短的街，
我们已经走了很长很长的岁月。

有人寻找回忆，有人寻找爱情，有人寻找自己，只是在寻找的路途上不知不觉自己变了，变成了对方不爱的样子，所以对方才会离开。可是心里是清楚的，不爱了，便可以找出千万个不爱的理由。可还是想谢谢你，毕竟你是我爱的人，我能怪你什么。

后来我才知道，那些真正要走的人，吝啬得连说再见都觉得是浪费时间。而那些嚷着说“喂，我要走了”，还一步三回头的人，只不过是想你说一句，“留下来好吗”。你要明白，心不在你这的人，没有丝毫留恋的准备；你一个简单的问题，他回答一大串的人，你赶都赶不走。

未来的某一刻，你终会原谅所有伤害过你的人。无论多么痛，多么不堪，等你活得更好的时候，你会发现，是他们让你此刻的幸福更有厚度，更弥足珍贵。没有仇恨，只有一些云淡风轻的记忆，以及残存的美好，他们每个人都变成你人生的一个意义，在该出现的地方出现过，造就了你未来的不一样。

一瞬间　就能把我的心　塞满，
这就是　你　和别人的区别。

……

……

……

……

……

好在这一生
兜兜转转，
也曾被你
温柔相待

日期

天气

心情

地点

我也不懂为什么世界上就是有这种感情，因为第一眼的一点点动心，赌上一生的羁绊。我是一个很瞧不起，却也不过就是活成这样的人。世界上最残忍的事，不是没遇到爱的人，而是遇到却最终错过；世界上最伤心的事，不是你爱的人不爱你，而是他爱过你，最后却不爱你。

我只是你生活里的一个影子，你却在我的生命里占有重要地位。如果我只是个单纯的过客，为何要让我闯入你的生活？我千百次想过要离开你，但仅凭一己之力我做不到。我们都能勇敢地面对，你爱的人不爱你，但是谁都无力面对，当一个爱你很久的人，转身离去时，那种骄傲、那种幸福，荡然无存的感觉。

即便再爱也不要重来了，世界上哪有什么失而复得，都是重蹈覆辙的前奏罢了。然而我用这个道理说服了许多人，可轮到自己，还是要义无反顾地撞上这堵南墙。总有一个人，住在你心里，无论你为他流了多少眼泪，你还是会喜欢他，所有的难过和委屈都会在见面后的一个眼神或一个拥抱中，化为乌有。

| 喃喃细语 |　做事总三分钟热度的我，却爱了你这么久；平常丢三落四的我，却把你记得那么清晰。

公元前　我们太小，　公元后　我们又太老。
没有谁　能够见到，　那一次真正美丽的微笑。

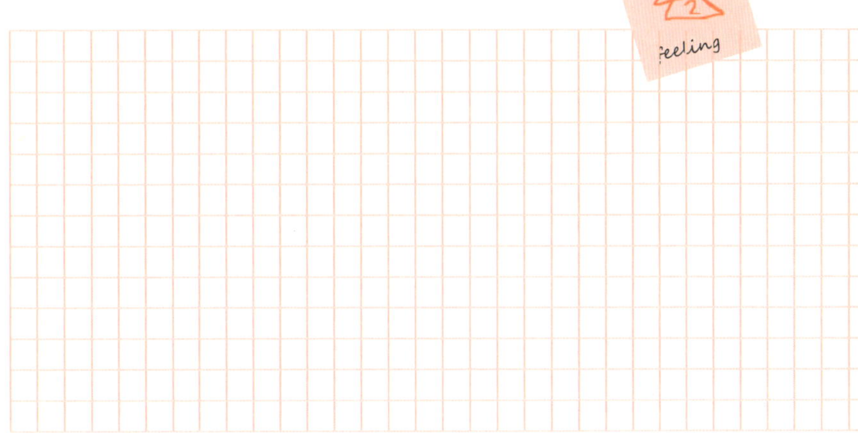

爱情有两种：一种是你想牵他的手，在街上、超市里走。你们缠绵欢笑。你们看电视给对方夹菜。你们在一起，转啊转，把时间磨成粉末，然后用粉末揉面，做成包子，吃下去心满意足。还有一种，是远远地，用一点微弱的想象，给这暗下去的岁月，涂一抹口红。

我这一生遇到过很多人，他们如同指间的烟火，忽明忽暗，最后只沦为一抹灰烬。而你不同，你如北斗，闪耀了我的整个人生。因为遇见你，我才知道我也能拥有美好的记忆。所以，无论你怎么对待我，我都会用心去宽恕你的坏，用心去铭记你的好。

人生那么长，世界还那么小，总有一天我们会一不小心擦肩而过，你在这里，我在那里，没关系，因为我知道这已经是我们最大的缘分。庆幸遇见了你，却遗憾，我们也只是遇见而已。好在这一生，兜兜转转，也曾被你温柔相待。

那一瞬间，你终于发现，那曾深爱过的人，早在告别的那天，已消失在这个世界。心中的爱和思念，都只是属于自己曾经拥有过的纪念。我想，有些事情是可以遗忘的，有些事情是可以纪念的，有些事情能够心甘情愿，有些事情始终无能为力。我爱你，这是我的劫难。

青梅枯萎，　竹马老去，

从此我喜欢的每个人，都像你。

不打扰，是我最后的温柔

日期

天气

心情

地点

好奇怪，明明我是个特别容易放弃的人，但在喜欢你这件事上，却坚持了好多年。原来，有的人是转瞬即逝的一束光，是再也靠不到的肩膀，是义无反顾撞过的南墙，是空欢喜的黄粱梦一场，是失不再来的不可逆的时光，是回忆里的不能愈的伤。

如果你的爱，不能给对方幸福，不挤进对方的生命里，那就是最好的爱；如果对方不爱你，不去打扰对方，那就是最好的温柔。原来，爱情，不管在开始时多复杂，不管过程是多甜蜜，在结束时，都可以只用“对不起”这三个字做告别。

有一种忘记，像模糊的往事，某年某天，你搜索枯肠，已经想不起那人的生日，只记得当时年轻的自己。另一种忘记，却鲜活如昨。你使尽气力把他的身影刮落，以为终于做到了；在你毫无防备的时候，回忆却突然扑面而来，反倒把你刮得泪眼模糊，悲伤如割，欲语无言。

我以为，我已经把你藏好了，藏在那样深、那样冷的昔日的心底。我以为，只要绝口不提，只要让日子继续地过下去，你就终于会变成一个古老的秘密。可是，不眠的夜，仍然太长，而早生的白发，又泄露了我的思念。

| 喃喃细语 |　我也曾经憧憬过，只是后来没结果，时间的手总是把相爱写成相爱过。

爱和喜欢的　　　区别　　　很简单，
如果你爱花，你会给它浇水，喜欢则会摘下它。

……

……

……

……

……

你想过再去找他，把在心里憋了无数个日夜的话通通都告诉他。脆弱、病痛、低落，觉得人生没意思时，想念的都是他。如果说这个世界上真的还有一个人能给你希望和力量，能让你觉得为了这个人活着真好，那这个人只可能是他。可无数次你拿起手机，但最终又放下，你告诉自己，这一次，又忍住了联系。

后来因为年纪，因为距离，因为朋友圈的关系，我们之间很难再说出一句“我喜欢你”。而那时，我们才会怀念起当初的狂热饱满和肆无忌惮。你说：“真可惜，我们怎么都渐渐丧失了喜欢一个人的能力。”其实，我们只是多了保护自己的警惕，习惯了远远旁观的淡定。

有时候会半夜醒来告诉自己其实很好；有时候会想起过去怀念某个失去的人；有时候明明自己心里有很多话要说却不知道怎样表达；有时候突然冒出一种狂躁的情绪觉得自己很可笑；有时候会疯狂想念一个不敢再见的人；有时候会心痛到失声力竭却找不到可以拥抱的人，这些都因为谁，你猜？

你在　那里，

我在　这里，

只是　怀念，

不再　相见。

在我
最想念你的时候，
我才发觉
我错过了你

日期

天气

心情

地点

生命中最重要的那个人，或许当他在你身边的时候，能感觉到的也只是淡淡的温暖而已，并不比一杯热茶更显著。但失去的时候，你却感觉整个世界瞬间荒芜。原来，放弃一个喜欢的人的感觉，就像一把火烧了你住了很久的房子，你看着那些残骸和土灰的绝望，你知道那是你家，但已经回不去了。

总有一个人会改变自己，放下底线来纵容你，不是天生的好脾气，只是怕失去你，才宁愿把你越宠越坏，困在怀里。所谓性格不合，只是不爱的借口。你要记住，永远没有人会在原地等你。错过了，就定格成永久的风景，再多的遗憾和悔恨，都成为无法弥补的失去和惩罚。

在爱情没开始以前，你永远想象不出会那样地爱一个人；在爱情没结束以前，你永远想象不出那样的爱也会消失。这些年，你干了很多蠢事。但最愚蠢的莫过于，将自己的无能和欲望，生成许许多多的戾气，伤害了身边最亲近的人。

很多人都是带着“前任”一起，与“现任”谈恋爱：被“前任”伤过心的，格外掩藏真心。一生所经历的每段恋爱，都不是孤立存在的，一段恋爱的影响力，往往持续一生：让你变成更好或更糟的自己。最不聪明的人，是用曾经的爱情，惩罚现在和未来的自己。

| 喃喃细语 | 摘不到的星星，总是最闪亮的；溜掉的小鱼，总是最美丽的；错过的电影，总是最好看的；失去的人，总是最懂你的。我始终不知道，这是什么道理。

上段恋情，全心投入，结果重伤。于是这次恋爱怕受伤，就很保留。这意味着：上次那个伤你的烂人，得到一个最完整的你，而这次这个发展中的爱人，得到一个很冷淡的你。我知道你是保护自己，但这若是做生意，你这店一定会倒的。永不再来的恶客，得到了最好服务，而新客上门，却备受冷落，这店怎能不倒？

忽然觉得爱情就像是夏天夜晚的雷雨，来无太多征兆，却暴烈而强盛。到次日早晨也只会觉得空气清新，甚至不知道它曾来过。如此电闪雷鸣，却也只是睡着的人脑海中一个有点吵闹的梦。

两个人最初走在一起的时候，对方为自己做一件很小的事情，我们也会很感动。后来，他要做很多的事情，我们才会感动。再后来，他要付出更多更多，我们才肯感动，人是多么贪婪的动物？

“什么是　‘我爱你’？”

“命中注定　要遇见，要倾心，要疯狂，　要不顾一切，要跟你在一起。”

“那什么叫‘你爱我’呢？”

“三生有幸。”

这是一本满足读者互动需求的实验性图书。我们想以此传达一种特别的理念：阅读的乐趣不是被动接受，而是主动参与。你可以把它当作书籍阅读和收藏，也可以把它当作一本特殊的笔记本使用。本书甄选了那些路过心头、留在心上的文字，内容涵盖了暗恋、初恋、热恋、约会、失恋、祝福等多个方面。愿你能留一段美好的记忆给自己，留一段小心剪裁的珍贵光阴给自己。

图书在版编目（CIP）数据

世上的一切美好，唯你而已 / 宁待著．— 北京：化学工业出版社，2017.6
ISBN 978-7-122-29507-1

Ⅰ．①世… Ⅱ．①宁… Ⅲ．①随笔 – 作品集 – 中国 – 当代 Ⅳ．① I267. 1

中国版本图书馆 CIP 数据核字（2017）第081567号

责任编辑：张　曼　　龙　婧　　梁　虹　　装帧设计：远流书衣
责任校对：宋　玮

出版发行：化学工业出版社（北京市东城区青年湖南街 13 号　邮政编码 100011）
印　　装：北京新华印刷有限公司
889mm ×1194mm　1/ 32　　印张 6　　字数 150 千字
2017 年 7 月北京第 1 版第 1 次印刷

购书咨询：010-64518888（传真：010-64519686）　售后服务：010-64518899
网　　址：http：// www.cip.com.cn
凡购买本书，如有缺损质量问题，本社销售中心负责调换。

定　价：48.00 元